Treasures for Scholars Worldwide

蔣冕集

桂學文庫·廣西歷代文獻集成

潘琦 主編

②

廣西師范大學出版社
GUANGXI NORMAL UNIVERSITY PRESS
·桂林·

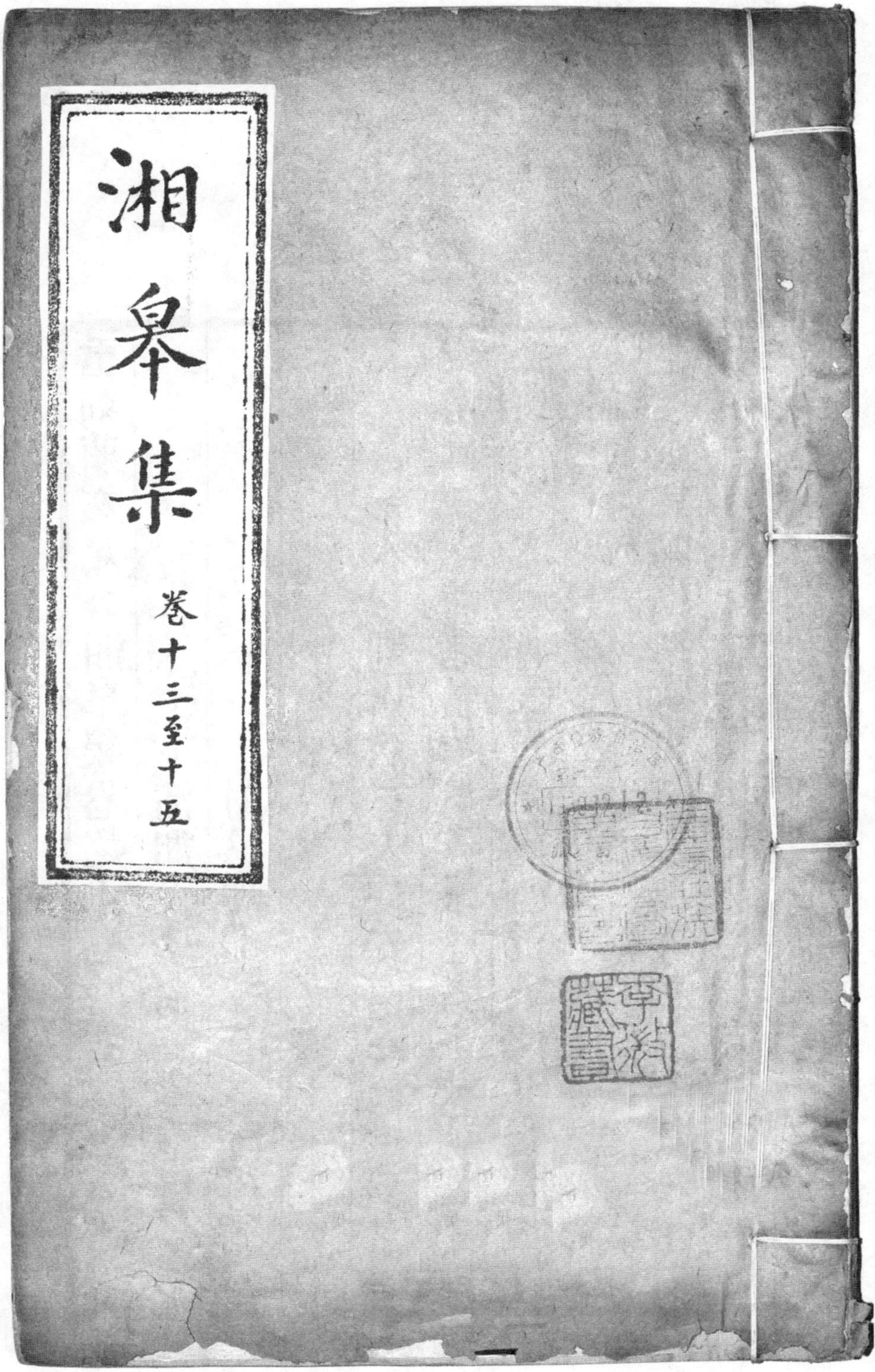
湘皋集
卷十三至十五

重刻蔣文定公湘皐集卷之十三

清湘後學俞廷舉重編
闔邑紳士　同刊

序

送行人司副唐君仁夫使安南序

安南國在南海諸蕃中夙號秉禮者也故朝廷式序之典懷柔之禮特表異之歲時貢獻使至燕饗必以綴諸班行錫賚必爲出諸帑幣隆恩異數蓋將中國之也逮其歸也又特簡行人以賓禮送至其境上而止若曰於吾士無虞云以示博大非徒如宋之所謂

押伴者之云也而行人之當行者其容以輕授乎哉乃今得司副唐君仁夫承命以行噫仁夫其亦於是而有思也乎前之册封須朔使是國者必屬之翰苑諫垣以爲崇重然皆必臨其國都以南面其君臣其肅將之威凜然自天而下華心革面之機有不動聲色者後先相望也而今之所至特止其境上其所臨者僅陪臣而已或以此自恕自畫而少殺其英風毅氣顧且將覽略其山川景物以資其嘲吟嘯咏曰是亦足矣則昔之人固有押伴虜人至於境上日默默無所用其意獨時竊詠歌以娛愁慁如宋王半山者

其亦果爲君子之所取法乎然吾意是時虜方桀驁駸駸乎有易我之勢卽雖發憤而骫髒秖增侮耳無能爲者若茲安南者其不爲吾中國之郡縣自漢唐以後至於國初自宣德改元至於今日曾幾何年其陪臣之來使蓋必愼選於國中而老於事者豈有不知此也邪既日老於其事而知之今茲至闕必益明冠履之分審逆順之勢而絜長度大歸語其王將天誘其衷憬然悔禍庶幾復其故初者此其時乎蓋古有黃屋左纛而竊號於一隅及以一言寤之去之不俟終日者吾是以知之也然則仁夫奚必臨其國都

之爲烈也哉折衝奔走大丈夫胸中自有不可測者
也仁夫于鄉人于素高之知其將以功業鳴於時以
光於鄉因鄉人之請贈行也故推其大者朂之

送同年友黃君時濟副憲雲南序

今年春予同年進士之仕於朝出吏部推擇被命而陞者六人其在兩京則左通政及太僕少卿各一人其在諸藩臬則左參政一人副使三人三人中秦之黃君時濟其一也先後不出一月之間拜稽闕廷躬受丕顯休命班行皆屬目交語以為吾同年一時遭際之盛而吾諸同年亦竊自慶幸謂為前此所無也既次第往賀之矣而於其行者又殷勤候問倍常而加之意乃四月廿又七日醵而餞之於城東黃都尉之別第且謂翰林春坊文字其職也不可無言以識

其別言以齒序于嵩有言以贈時濟不敢以不文辭因竊追念吾同進之士三百五十人皆先皇帝所親擢以遺皇上今日之用者自丁未至今歷十有八年譬之木焉歲月漸久雨露之培養益深則雖拱把之微亦可以馴至於合抱之大矣作室者欲由是而求之以爲他日梁棟之資其孰能舍合抱之大而別取諸拱把之微者哉故夫今日之爲藩爲臬與夫貳邉政亞太僕者則固他日六部都臺之選也然則吾榜之士能不彈冠相慶於群公彙升之日乎若時濟者固前所云木之合抱者也作室者欲求梁棟於吾榜

豈能舍時濟於他日哉且方時濟之未爲臬司副使也不嘗爲御史乎人固須知其有臬司副使之擢也其未爲御史也不嘗令修武乎人固須知其有御史之擢也前日既可以逆知其今日之所至則今日獨不可以逆知其他日之所至乎然則吾同年中今日之爲藩爲臬而他日之可臺可部者不於時濟而有望哉時濟他日果爾部焉臺焉其能與諸同年齊驅爭先建功立業以垂名竹帛如宋王子明寇平仲之爲太平興國中同年蘇子瞻子由曾子固之爲嘉祐中同年耶抑將求以過之邪此則又在時濟自力非

人之所能逆知也古人不云乎顧力行何如耳時濟爲副使當之雲南雲南藩臬中有爲吾同年而他日之可臺可部者其亦以是語之

送學士張公歸河東省母序

聖天子優禮文學侍從之臣殊恩異數往往特出常典之外今年翰林侍讀毛君維之省其父母歸東萊旣而學士張公文卿省其母太夫人歸河東皆以章上請皆不俟踰暑即賜俞旨迄無他司覆驗之稽且特令有司給車馬續廩餼自京師以達於其鄉皆前此所無者而張公之地望尤崇縉紳士夫尤莫不交口相慶以爲儒臣之榮遇於是公之鄉人謂公兹行誠不可無言以張之推鄉進士李昉來屬予序夫學士之官昔之君天下者猶恨不得爲之非以其清要

貴重乎夫以清要貴重之官而縠清燕之班歸其故鄉則雖山川草木亦當輝輝動色而況壽母在堂酡顏綠髩驪然一粲於會合拜慶之餘顧瞻賜衣賜帶於公之身眞若自天而下爲人子而得榮其親也如此爲人父母而得其子之致榮於我也如此天下之樂向有加於此哉昔漢毛義得一安陽令府檄至門以爲母之在堂也捧之而入喜動顏色況公今日之所得者又有什伯千萬於此者乎就公言之公數年前不嘗假使事便道歸覲太夫人於其鄉乎公當時其官尙侍講也淸要貴重亦有如今日之地望乎所

得於吾聖天子者其恩數亦有如今日之殊異者乎以今日之所得視數年前之所得旣殊且異則此數年後之所得視今日尤爲殊且異者不亦可推而知乎然則公今日之歸可遽以其所已得者爲足以榮且樂於其親而顧久罷於其私哉況經幄宫廬之直皆公素所有事未可以一日離焉者也綵侍之餘太夫人未必無移忠之訓而公素所迎養之志以余覘之亦未必不遂於兹行也他日地望益崇致朝廷之恩數益殊且異其所得果將有出於今日者不尤足以致其榮且樂於太夫人也哉聞之永樂中諸學士

命婦入覲中宮惟金文靖公以母行宴賚優厚加有冠服之賜今聖天子崇儒右文旣同符於先朝萬一舉令典而行之則宴賚冠服之錫太夫人如文靖之母之在當時者將必有日矣予雖陋尚能爲公賦之

夏江別意圖詩序

憲副吳公禹鄰始以進士上第選屬秋官持廉秉介清譽藉然未幾由尚書正郎晉副湖臬奉勅提督湖廣等處屯田蚤夜憂勤求所以足國而裕民者在任數年凡其所隸窮山深谷蠻烟瘴雨之鄉足跡皆遍由是沴氣侵而末疾生遂欣然求解其任以去公之先世居杭而自先大父以來徙居於燕公既去任將由鄂趨杭又將由杭趨燕而太夫人春秋高方板輿在宦邸南北相去何啻數千百里故公北至於沔而心樂之遂有終焉之志蓋君子之去其鄉而仕也或

可歸焉而歸或可留焉而留去來容與何適何莫亦奚必拘拘然留吝戀着而後爲可也醉翁吉產也北仕京雒而遂遷居於潁東坡眉產也南歸瓊崖而遂卜築於常古今人所見畧同類如此荆湖山水甲天下而沔爲其奥區公之所居尤稱奇勝某水某邱可遊可釣顧有平生舊游所不能及者公雖欲不樂亦惡得而不樂也今夫軒冕珪組之樂造物者於人嗇不甚靳獨於一邱一壑未嘗輒以畀人然則公之所得以此較彼孰寡孰多必有能辨之者矣昔秦太虛卧疾汝南其友高符仲携輞川圖示之曰閱此可以

愈疾太虛卽於桄上引之恍然若與摩詰入輞川數日疾良愈今公之去鄂而居沔也江山滿前不假乎繪畫之彰施而自然千態萬狀出奇獻巧於目睫之間令人應接不暇其視太虛之觀圖詎不翅十百千萬之相懸也吾知其由是胷次將益開明鬱滯舉皆蕩滌則雖數十載之沉痾亦將爲之脫然去體況區區末疾彼造物小兒安能久爲公祟哉方今聖天子渴賢醫國公匪朝伊夕勿藥有喜戔戔束帛行將賁於沔水之陽民瘼之瘳當必不緩於巳疾此公平生之志也翩然復來政恐不免則夫一邱一壑又有非

公久得而專焉者矣公既戒行憲使馬公輩篤僚寀之好相率載酒殽設供張讌餞於夏口之濱且賦詩繪圖以爲贈既成卷帙名之曰夏江別意適予過鄂因以首簡見屬遂爲之序云

贈樂會令葉廷言序

自徐聞渡海得大洲其廣輪可二千里寔古珠厓儋耳之地雖顓顓獨居一海之中禹跡所不及章亥所不步而自漢迄今休養漸摩歲異而月不同衣冠禮樂蓋將並駕齊魯而殷富或過之重以祖宗之深仁厚澤煦嫗百餘年之久犂鋤謌於窮谷鷄犬之聲相聞故其民興於禮義而重犯乎刑辟號稱易治凡吏於其土者苟明且能不必求諸乎其他而卽得其所以治之之狀因其俗不煩其令簡節而疏目終日寂然不復以事試上下相安小民出租賦奉期約爭先

而恐後田里熙熙然亡嘆息愁恨之聲然今之官於此者孰不曰瓊於京國由版圖極南而望極北懸隔山海行必數月而後能至不免踰鳥道而涉鯨波且峒處之黎帶牛而佩犢與里居之氓相錯控御一失所安保其無獸奔鳥駭之變況淩暴颶霧飲醎而食腥毒草蟲魚水土之患亦往往而有故一聞除目輒惴慄變色若終不可往他日足一履其地珠香象犀翡翠文甲奇物雜然溢於目前而有動乎其中向之憂遂轉而爲喜矣於是眩瞀迷惑頓忘其素幸其土之遐玩其民之柔魚肉而菹醢之不盈其谿壑之欲

不止雖公議之所不宥國法之所不貸然前車既覆而後車之不戒也亦云多矣予在京師常從瓊之賢豪遊每與論及乎此未嘗不爲之扼腕興嘆今喜吾同郡葉廷言往令瓊之屬邑樂會因舉素所槩於予衷者相與劇談之今天子明見萬里之外仁不遐遺雖炎天漲海之外固無異乎神州赤縣之中也廷言明經術發身儒科其闓於世故也多於予前所善者必毅然襲之其所不善者必斷然反之殫心畢力奉宣德意以利安元元則廷言之茲行也其所施設將不有出乎尋常者哉

送吳克温歸省祖母序

太史吳克温請於朝將歸覲祖夫人於義興其舅氏謙齋先生留之甚堅而克温之志卒毅然自奮而莫之能奪蓋甥舅之情誠親矣而祖孫之情尤親況乎生一日而卽無母所謂祖母蓋母也自出胞胎以至於今日亦旣有室矣生子暨女少長殆成行矣仕而有祿位又重荷君恩榮華光寵及其父若母矣祖夫人春秋旣高吾之齒亦踰夫壯一旦祖夫人卧病於床自春而夏而秋閱三時而猶弗愈顧不獲一侍湯藥問寒燠於其側視彼跪乳之羔返哺之烏曾有所

弗如也其誰能一朝安之故經帷之命甫下未可以遽言歸也在仁聖之主且宏其天地生成之賜先恩而後義不以公而廢人之私曾謂先生之於克溫而忍以甥舅之情遂妨其祖孫之義哉克溫之母氏既亡矣思母氏而不得見也一見舅氏如母存焉渭陽之情今亦何嘗異於古況先生處聖天子論思密勿之地文學德量楷範縉紳海內之士欲一望餘光接緒論有不可得之嘆而克溫以諸甥躋屬史館朝夕之間親薰而炙之非不欣然樂也奈何一聞祖夫人之疾則其心自不能以不憂憂在彼則樂不在此持

衡之勢彼重則此輕有斷斷乎不可易者是故越常比而陳其私非逆情以干譽也亦求其心之安而已君子於其心之所不安不忍須臾處凡細務末節皆然而況倫紀之大者乎吾是以知克溫之勇於歸也克溫歸矣旦夕抵義興奉甫太史公拜祖夫人於床下祖夫人見克溫一旦歸自天上喜溢顏面驩然而一粲自不覺沉疴之去體嘉辰令日御板輿扶鳩杖登鸚鵡之新堂擊鮮釃醲絲竹駢羅壽觴迭進慈顏悅豫時或摩挲老眼矯首而北望見紅雲紫氣往來乎天津析木之墟顧太史公指示克溫而告之且

趣其還闕之期吾爲之豫有所占焉得易之漸鴻漸
於逵其羽可用爲儀吉克溫尙翩翩而來朝哉

送僉憲姚公提學廣西序

粤南與閩蜀其地在秦漢以前皆號爲僻且遠聲明文物不得與中州並然漢自景帝末年蜀亦文化大行其學者至比之齊魯閩在唐建中貞元間其長材秀民通文書吏事而可與上國齒者亦往往效用於時其化已自翕然粤南於其時視閩蜀則尚不無少間中間非無曲江武溪菊坡諸名賢率閱歷數十年而始一見不能如今之日趨於盛也然粤南又自分爲東西今日以西視東尚不異前日粤南之視閩蜀豈天地盛大流行之氣其至也不能無遲速故其發

之於人也亦自不能無先後邪然嘗竊怪天地之氣未始歉於古而餘於今何獨人才之盛衰乃古今若是其異考之班孟堅之說謂巴蜀好文雅文翁之化也而韓退之稱閩越之人舉進士自歐陽詹始未嘗不推本常衮化導之功則知人才之生雖由於天而所以成之者人也未可一切委之於數也特氣化流行而發之於人者旣不能無遲速之漸則所以振作鼓舞以輔成乎其天者亦當漸有其人以任之如文翁常衮之於閩蜀然此古之賢人君子所以有斡旋氣化轉移世道之功也今年禮部員外郎慈谿姚公

擢廣西按察僉事奉勅提督學政命下吾藩士夫之寓京師者舉欣欣然謂天將有意昌吾廣西之文運乎不然何爲上惓惓焉爲吾藩督學擇人而得賢人君子如公者以有茲命也文翁常袞之化行當見之轉移斡旋之機其將自今日始矣群然一辭轉相告語莫不喜傳而樂頌之公拜命至是纔數日耳行李書册尙留滯輦轂之下足未始蹋夫三湘八桂之途目未始睹夫瑤篸玉筍之勝而士夫遽以文翁常袞儗之公果何以得此哉蓋公素以文學負盛名於時而尤精於科試之業且性行粹懿言議英發開口論

天下事是非利害如燭照數計犁然當夫人心人無不樂親之者自第進士官郎署以來政務多暇開門授徒多至百數十人公每親爲據案講解至於微辭奥義言尤懇到凡經公指授去而捷春官奉大對者每科常數人列官館閣臺省外至州縣庠校甚衆其教有成效彰彰明著班行縉紳孰不歆豔此公所以有今日之擢也公仰荷皇上惓惓簡擇委重之意能不思所以恪盡職業以求無負哉昔公之私相授受也尙人人皆有所造就況今奉九重明命職專教事其所造就將不倍蓰什伯於前日也耶予知公必能

以文翁常袞之心爲心而不自已也心文翁之心則文化大行不患其不如蜀矣心常袞之心則長材秀民效用於時不患其不如閩矣天將昌文運於吾廣西以與閩蜀並驅爭先而督學之任得公司之鼓舞振作以輔成夫其天者宜無所不至則夫幹旋轉移俾氣化日以盛而世道日以升燁燁光耀永垂竹帛直與文翁常袞齊名異代他日自有文章大家如班孟堅如韓退之者大書特書以傳於天下後世予言惡足爲輕重哉敬書以竢

送夏廷重分教鬱林序

天地之氣數盛衰相尋而人才恒與之俱盖嘗觀於科目矣固有解額屢虛而一旦倫魁踵出者亦有孝秀之淵而欻化爲天荒之壤者君子將一聽其常變之自推自移而莫之省耶鬱林在蒼梧支郡中自昔號爲科目淵藪二陳三士之流風去今未遠閭而興起者尚多其人也姑舉予所知者永樂壬辰楊文貞公主考會試而王文端公實爲易卷同考官二公於文極慎許可顧於鬱林陶仕宗所試易義競訟口稱說爲刻之梓以程來學且特以第六處之其名遂傳

之至今雖以予之寡陋尙亦知鬱林之有陶仕宗也夫陶仕宗一科目程文士耳曾何足爲君子傳誦而予之寡陋尙及知之况道德文章勳烈之赫然者耶方是時士之試禮部者其卷尙未分南北也後五科歴十有五年而卷之南北始分於是鬱林之士始合廣右諸郡邑偕鍾離盧舒滁和諸畿輔川滇貴三藩士同試於禮部以與南北之士鼎分而爲三號爲中卷自是以來則吾不知鬱林之士豈皆群起角逐於道德文章勳烈之塲而不屑屑於科目耶何故欲復求一區區舉業士如陶仕宗者乃亦寂焉其無聞也

豈亦有之而予之寡陋不之知耶果氣數使之然歟今年瓊山夏廷重分教於此廷重從父職方主事景熙嘗以明易第進士廷重夙傳其家學知名縉紳間而鬱林自陶仕宗以來其士之學易者蓋多以廷重家傳之易往教鬱林學易之士吾知其必有成也曾何氣數之足云且天地間固有或然之數也而實有必然之理也數雖存夫天而理則在夫人君子盡其理之在人者而不諉諸數之在天者則雖天地之大氣數亦將以吾之人事斡而回焉此君子所以異於衆人也廷重既受諜將行偕王中舍秉銓過予言別

乘銓因欲予有以告之予無以告廷重也廷重行矣
予固已言之矣盡其理之在人者而不諉諸數之在
天者如是而已予無以告廷重也

送王信夫司教義寧序

義寧爲吾桂林之屬邑地僻民寡雖未足置之古所稱緊望之間而風氣習俗素稱淳樸教易施而化易行也顧天地淑靈清和之氣盤礴鬱積爲日旣久其屬之於人要不可厚誣以爲未嘗有當必涵育長養始出而爲世用何獨寂寥希濶於今日也耶士不藉夫涵育長養之功不可以出爲世用古今未有能易之者譬如世之美婦往往出於膏腴甲族之中薰釀含浸不出房闥之間而舉止體貌固以安排作公夫人矣若乃苧蘿山中采樵之女教以容止不數日遂

能傾城而傾國焉則事之絶無而僅有者也豈可以常理論哉吾嘗聞義寧山中其虎豹翬翟之文光彩炫耀其杉柟竹箭之材柯榦堅良田夫野人倘得網羅之劘刮之出之以爲世用況淑靈清和之氣在天地間物之所不能當而屬之於人者顧不得涵育長養出爲世用耶泥之在鈞惟甄者之所爲金之在鎔惟冶者之所鑄國家設庠序簡里閭子弟之英秀者聚於其中其所以涵育長養之法非不精且美也環百里而爲邑豈無長才秀民出夫其間乃使論世道者有寂寥希潤之嘆嘗必有任其責者矣今王生信

夫職教事於其邑方惴惴焉惟不任其責是懼盖將求以無負者也義寧之人所以涵育長養而俾之有所成就庶幾乎他日彬彬濟濟秋魁春甲魚貫蟬聯當必自今日始往哉信夫見寮宷二三君子暨邑之長有司幸皆爲我謝焉

重刻蔣文定公湘皐集卷之十三終

一園俞當藹校字

重刻蔣文定公湘臯集卷之十四

清湘後學俞廷舉重編

闔邑紳士　同刊

序

應天府鄉試錄序

國朝三年一開科以取士而於兩京尤重必命翰林儒臣二人爲考試官蓋祖宗成法著之爲令者也乃正德五年秋八月適維其期應天府臣先事以請侍讀學士臣冕侍讀臣希周寔奉命而來至則與提調官府尹臣鳳府丞臣玉同考試官學正臣銘臣思教

諭臣尚忠臣春臣源潔臣世棻臣璋臣暘訓導臣偉
監試官監察御史臣和臣沾暨諸執事更相戒誓而
後就列乃窮日夜精校閱慎去取之於四千一百四
十卷中拔其文之優者得百三十有五人其卷若是
乎其多也而所拔乃僅止此非士之可取者止於此
也遵制額而不敢過也文則錄而刻者二十篇亦間
舉其一二以例之錄何能盡也然即其所已錄者而
觀之雖一出於風簷短晷倉卒督廹所成率皆明於
理而達於辭蔚然鏘然有可誦而傳者則其平日從
容展布之作將不有大且深於此焉者乎即其在錄

中者而推其遺於錄外者使非限於制額則人之見取文之見錄雖或倍蓰於此亦無不可然而有所不敢者法之所在不容以已意參乎其間也仰惟皇上嗣大歷服以來無一政一事不遵祖宗成法至於試事尤切惓惓屢渙大號戒飭所司申條格謹防範於凡狥情干正假公售私者尤嚴其罰必如古所云無情如造化至公如權衡者而後已焉皆法之為也若乃解額之在鄉試者則間增於北卷額之在會試者則欲去中數而以分屬於北南是雖法外之意抑亦因時損益以至於此蓋我祖宗之法本之於身以達

之家國天下無一政一事不以公天下之心處之萬世守之萬世所不能易也豈獨試事爲然哉然姑卽試事求之則凡法之所在雖朝廷之上亦未嘗輒以已意叅之也況有司乎有司之奉法雖遠而藩服尤凜然如在朝廷也況畿甸乎法以嚴於畿甸以率乎天下務期所取之士無不得焉以取重於天下以無負乎朝廷所尤重之意此臣之志也而士之所以自重則又係夫士之所自立者何如是豈臣之所能與哉士之所自立凡處已待物事君治民之道亦豈無成法哉自昔聖賢具載於經其本末次第可考而知

者士當敬以守之隨其職守才力所至而皆求以不悖不以利害爲趨舍不以毀譽爲前郤如此而始如此而終如此而貧賤如此而富貴其有所當爲也如水之必寒如火之必熱其有所不爲也如騶虞之不殺如竊脂之不穀有斷斷乎其不可易者非可視時高下而爲之損益者也使或悖夫此則非士之所以爲士者矣凡天下之士皆然而况畿甸之士乎哉試事旣畢例有錄以獻臣敢謹序於其首且用以爲諸士告云

會試錄序

聖天子龍飛紀元嘉靖之二年歲在癸未將親策天下貢士於廷詔禮部舉行會試之典試士之期例以辰戌丑未之年前此兩癸未初爲永樂元年後爲天順八年皆不果如例自有定制以來惟今年癸未始如期而試天眷聖明將益昌文運復祖宗渾厚淳古之風於今日可由此而預卜矣豈不足爲世道慶哉於是尚書臣毛澄侍郎臣賈詠臣吳一鵬以考試官請上命臣蔣冕臣石珤往司去取其同考試則修撰臣枏臣楊維聰編修臣王思臣黃初臣欒式臣陳

沂臣江暉臣馬汝驥臣孫元臣黃佐檢討臣林時左
給事中臣張翀給事中臣夏言臣趙廷瑞署郎中事
主事臣劉儲秀主事臣薛蕙臣唐冑監試則御史臣
唐鳳儀臣牛天麟暨諸執事咸如制既三試乃擇其
文於三千六百卷中恭從宸斷取四百人得人之多
蓋自洪武乙丑永樂甲申兩科之外僅再見焉於戲
盛矣爰刻其氏名及文為會試錄既成臣冕僅序其
首竊惟文運與氣運相為流通未有氣運方盛而文
運不亨者也特在夫斡旋轉移之有其道耳操斡旋
轉移之柄非有賴於位隆君師身任斯文之責者歟

我國家稽古設科以文取士而用之用其人矣而尤資其文以爲世用用之朝廷用之天下不可一日無也是故輔養德義則有經筵紀載謨烈則有國史祭饗郊廟則有祠祝播告寰宇則有詔令獻替可否則有章疏所以格君心昭鑒戒感通神明宣布德意别是非以不惑夫聖聰明予奪以求定夫國是若此者非文無以適其用也以至銓衡人物出納財賦申明典章修和禮樂陳師鞠旅明罰勑法若工虞振紀綱諸大政外則旬宣糾察於藩臬撫綏勞來於郡邑莫不各有當然之則與其已然之故必欲一一循理奉

法敷陳於上訓諭於下粲然有文以相經緯而後行
無不達顧一於科目爲取之科試之文其切於世用
蓋如此或者乃謂其無關世道豈識達治體之論哉
聖天子誕膺景運方將丕闡人文以化成天下驅澆
漓詭異之習以爲渾厚淳古之歸以復我祖宗之舊
言行政事無偏無黨咸躋之正大光明之域蓋不獨
科試一事爲然而機括轉移則寔自科試始聖意所
嚮天下之士孰不曉然不假夫渙汗之申嚴條格之
約束一弛張操縱間而人心已正士氣已昌遂有以
致天心之允協振文運於方與一新德教於委靡頹

隳之餘而可以垂法萬世氣運已盛而益盛國運已延而益延其兆具見於今日人皆知其有必然者聖神功化不疾而速罔如是夫凡生斯世際斯會者皆將感奮踴躍更相慶幸而況登名是錄獲以其文用世者哉詩不云乎無言不讎無德不報爾諸士其將何以報上哉

慶侍御陳君受代還朝捧勅榮親詩序

嘉靖八年冬十有一月廵按廣西監察御史陳君國成受代還朝將便道過家省其父松山先生於潮陽適皇上以君三載績最推恩存歿封先生爲文林郎河南道監察御史贈先生之配蕭爲孺人君之旌節將發桂林而命書適至鎮守太監傅公喜先生之壽且榮也繪圖賦詩欲因君致之以爲先生繁祉之祝副總兵李侯曁諸大夫君子聞之莫不以爲宜長篇短章爛然盈軸虛圖之上方序其事而以屬筆於予予衰老多病凡來需鄙文者往往謝之至於送行慶

壽蘄之尤力顧君之按治有功於吾廣西之民今日北還致命於上有非徒然者不可不白之於人人憶去年六七月君始入吾廣西境溯府江至桂林冒暑監臨科試事甫竣峒寇竊發舟楫往來府江者輒艱阻弗獲通吾全灌村落爲之騷然不寧者累月君多方延訪求所以禦寇安民之策知廣西之賊宜鵰剿不宜大征也選將練兵申嚴號令於人之有功者則紀之不忘於人之有過者則略而不問人人皆欲爲之致死一旦出賊不意督促副總兵三司等官統率勁兵數道並進直抵賊巢於是恭城灌陽犬牙相入

處其惡獞占據四村者以漸擒殄夥至二百餘級蕩浦兗徒與之合而爲寇者大遭挫衂歸經兩江口及香草源桂魚滑石諸灘爲官軍所戮其凍餓而死者不下五百餘人由是全灌郡邑自春至冬帖然無事府江舟楫通行無阻者亦數月餘他如修復四堡統三十六埠以據其要害而左右兩江商賈舟航亦皆無梗至若臨桂之邊山來賓之青塘東田馬平之恭陸宅下諸村富川之奉溪源平南之泰洲里宣化之東旻村或相機勦或隨宜截捕前後擒斬有名劇賊數十人府江之獞因而納欵蓋前此所無也君之

功在吾廣西有如此者吾廣西士民人孰不知朝堂之上則容有不及知者蓋凡大征有斬獲者則奏捷於朝壽被爵賞若乃鵰剿截捕云者斬獲雖多例不奏捷故朝堂之上無從而知爵賞亦無從而加之也若君之心則豈以朝堂之知與爵賞之有無爲前卻哉惟欲禦寇安民求以自盡吾職焉耳君不忍疲民之塗炭一念惻隱爲國效忠而遐邇無不受其賜口碑流傳洋洋乎盈耳予固稔聞之況予得謝里居歲苦四村之警自舊冬至今方獲與漁夫樵叟日夕嬉然飽食安眠於荒寒寂寞之墟而無驚擾之患其受

賜尤不在衆人下君之還朝也雖無傅公輩之請嘗當爲之執筆况重以傅公輩請之勤勤乎故予非惟不能謝且於義自不可謝而宜以鄙意序之以著君之功又推原所自歸於先生平日義方之教能成其子之賢而爲國效忠者以爲先生壽君不日抵家手捧龍章登堂拜慶宗姻閭里畢來胥賀先生顧問君按治所嘗施設者而得君爲國效忠禦寇安民之實未必不囅然一粲以自慶也他日加封恩命如川之源源而至方將次第受之若宋堯叟堯佐兄弟之於省華焉君家固自有故事在於斯時也豈無秉椽筆

以頌盛德者乎文又惡足以爲先生之軒輊也哉

賀總制軍務新建伯南京兵部尚書兼都察院

左都御史陽明王公平寇序

皇上嗣大歷服之初吾二廣搢紳士之仕於朝者族談旅議以二廣寇亂相仍近數年尤甚非得奇特瓌偉不羣之才忠誠體國而不苟目前之安者拯之莫克有濟若新建伯南京兵部尚書陽明王公其人也聯名具疏懇乞起公於家疏將上諗於內閣銓部諸執政大臣僉謂公純孝人也兩三年前公之太母夫人沒公尚連章求歸卒喪事今公之父太宰實菴先生年垂八袠方以疾卧家公跬步未肯離膝下也顧

肯遠去數千里以蒞爾二廣乎莫若待公終養後起之未晚疏遂不果上未數月先生捐館舍公既免喪吾二廣寇亂相仍尤有甚於前日中外臣工疏請起公者踵相接於廷皇上俯從僉議命公兼都察院左都御史總制兩廣江西湖廣等處軍務暫兼巡撫以平田州思恩寇亂勑旨再三丁寧鄭重公辭不獲命兼程西邁節鉞駐蒼梧未數日即躬至古邕以臨思田邊境散冗兵數千人各還本土省冗費冗食無慮萬計又刱立敷文書院日與諸生講明義理以示閒暇將無事於用武書院名敷文蓋取虞廷誕敷文德

舞干而苗格之意人皆知公意向所在無幾何兩府之民相率來歸公乃親詣其地撫綏輯定爲之改建官屬易置公署民之歸耕趨市者滋衆而兩府以次漸平又以獞賊之在兩江者恃其險阻不時出沒公肆掠劫莫如之何乃檄汪叅議必東旲僉事天挺湖廣汪僉事溱張叅將經帥永順保靖土兵六千人往蒞斷藤峽之仙臺花相古陶龍尾諸巢峒未幾斬首數百級尋檄林布政富翁副使素張副總兵祐帥思田二府兵八千人往蒞八寨未幾斬首數百級而兩江以次漸平寇之在兩府者因其可撫而撫之寇之

在兩江者因其可擊而擊之或張或弛不泥故常而惟主於弭禍亂以安生靈也若公者所謂奇特瓌偉不羣之才非耶不然何以辦此布政旣陟都憲撫治於鄱陽濱行謂公撫定削平之功在吾廣右者不可無紀述以爲聖天子簡任得人賀也迺偕兩江藩憲及副總兵叅將知府諸君以書備述其事遣學政石尚寳持來徵予序昔公以都憲廵撫南贛汀漳嘗躬冐矢石破桶岡諸喦險劇賊於大帽山其功甚偉後偵寧庶人之變遂倡義募兵擒庶人於鄱陽湖以成奠安宗社之大功此伯爵所由以錫子孫繼承山河

帶礪初不可以世論而先聲所加則寔由於棡岡諸邑險之破也公既有功宗祏其名籍籍在天下雖兒童女婦亦孰不知有不待予置喙於其閒而蕪陋之辭亦不足爲公重也特以公所撫定削平之地於予所居相去僅千里而近藉公庇廕多矣况重以諸君之託故不辭而序其事因舉公平生孝義勳烈之大士大夫素所飫聞者以復之且諗於公曰吾二廣要害之地寇之滋蔓於西者莫若府江及洛容荔浦諸處寇之滋蔓於東者莫若羅滂綠水及後山新寧諸處今既剿削斷藤八寨以過府江上游而府江實賊

所徑路洛容葫浦叉賊所巢穴其東寇之所徑路與其所巢穴如羅滂綠水後山新寧諸要害地兵威未加文德皆猶未洽公能無意乎以公谹謨偉略出奇無窮儻稍稍遲之以歲月出其緒餘如昔年處大帽山故事則吾二廣之地寇盜悉殄而民生其永寧也可指日竣矣所謂忠誠體國而不苟目前之安亦固公平生之素心也尚何待乎予言之贅哉公果不鄙因予之所已言而推予之所未及言觸類而長之以爲吾二廣生靈立命則勳烈之在吾二廣者當與前日在江西者等矣予昔待罪內閣嘗隨諸老以公江

西勳烈大書之藏於金匱今雖老病顧不能以公勳烈之在吾二廣者偕搢紳士歌頌於道路哉公其念之勿謂予耄荒煩聒而莫之省也

賀提督兩廣軍務兵部右侍郎兼都察院右僉
都御史省吾林公平寇序

兵部右侍郎兼都察院右僉都御史省吾林公提督兩廣軍務之三年以兩廣夷寇亦既隨宜撫剿惟廣東之新寧密邇會城諸司治所而寇兇憑阻公肆刼掠遂使藩臬門庭之外隱然若有羌戎異域叅互於其間虎豹豺狼與編氓雜處備禦防範晝夜靡寧不能不爲之太息乃調集廣西各府州土官所隸狼兵及漢達官兵委文武大吏分統之數道並進直抵巢穴公去賊巢不百里駐節督戰指授方略以賞罰其

用命不用命者不數月草薙禽獮一方之寇患悉平於是寇之在東者東人莫不仰公移師往平之如平新寧之寇寇之在西者西人亦莫不仰公移師往平之如平東方之寇踴躍鼓舞徯公之來而恨其晚者蓋不知其幾千萬人上下大小言人人同萬口歡騰無間遐邇流傳至湘予方卧病山中歳苦夷寇之警一聞新寧之平不覺欣然起立笑語移時竊自慶幸藉公威庇得以苟延殘喘於須臾而無意外侵暴之恐因慨念吾兩廣夷寇無處無之顧彼則遺此得於前或不能無失於後自昔當事任者恒苦其難而莫

知所處往往因循掩護苟紓歲月甚者上下相蒙城池失陷人民戕戮恬然匿不以聞者亦間有之昔賢嘗以酒爲喻謂酒之似醯者滿貯於甕盎中過乎其前者一聞其氣味已厭惡之不暇孰肯俯首取一盂而飲之哉假令今日有一人來取一盂而飲之他日又一人來取一盂而飲之後來相繼者無不取而飲之不厭不惡則甕盎中之所貯者有時而竭矣何患其滿哉夷寇之在兩廣使當事任者人人不畏其難而處之如飲似醯之惡酒焉兩廣生靈寧無息肩之日哉故夫畏其難處而漠然不以介意者固不足言

有意於處不畏其難而才略忠誠或有所未足則一患未除他患踵至未能慰民望而反以貽民累者亦不能無矣非有經濟大略撫御宏才而又本之以忠誠體國視民塗炭猶已塗炭寢食不忘必惻然思以救之者安能與於斯若公所謂有才略而本之忠誠者非邪新寧之平特其始耳其他若瀧水若後山若羅滂綠水諸處之在東若府江若古田若荔浦洛容諸處之在西方將次第戡定務俾兩廣之地烽燧不驚干戈永戢凡傷殘困憊之民咸得與中州黎庶共享太平之福此固公之素心也惟朝廷益增爵秩久

公於任以遂公之此心則實吾兩廣士民之之至願也公在正德初官大理守法奉公觸忤權奸逮繫詔獄謫官於外及權奸敗始由郡佐晋陟知府尋陟參政左右布政其爲參政布政皆在兩廣邊防夷情夙所諳練况平生風節操守素爲縉紳所推重兩廣夷獠亦固稔聞之先聲所至心膽皆寒已非一日自今以往戡定禍亂以永令譽於無窮如狄武襄之在宋韓襄愍之在本朝寧不深有望於公哉廣西副總兵張經自爲偏裨進今職隷公麾下也久受知素深聞前言而韙之請書於軸馳獻於公以爲凱旋之賀乎

亦素荷公知愛者故不得辭

廣西通志序

嘉靖己丑莆田林公富以侍郎兼都御史來總督吾粵南軍務撫巡其人民既至定規模嚴號令選將練兵信賞必罰未數月聲振南土問索吾廣輿地志於掌故以謂爲人上者於所部之山川疆域土風民俗人才食貨以至邊防兵政之類苟未能一一周知則無以酌古準今施於政教與化善俗禦患安民紓九重南顧之憂慰一方士民之望於是慨然以爲已任而以修纂之事屬之提學僉事香山黃君佐君乃發凡舉例因舊爲新刪繁撮要闡幽訂誤爲圖經爲表

爲志爲列傳爲外志總六十卷以成公志而是非取舍則一皆裁決於公吾廣故無通志宏治癸丑提學副使廬陵周君孟中始創爲之嘉靖乙酉提學僉事瓊山唐君胄續加修輯以武選鄭郎中珫汝州徐知州淮欽州楊知州潔皆吾粵産也書未脫稿而唐君以遷官去前總督都御史慈谿姚公鏌夙有志斯事會以邊警用兵不暇委之叅政瓊厓黃君芳刋補未竟尋亦遷任庚寅之秋公乃以屬提學黃君稿甫就緒其冬黃君又以省母歸矣黃君之將歸也以其意授梧州府同知桓韋俾因舊稿稍加裒訂明年辛

卯公旣平新寧之寇其秋自羊城抵蒼梧再閱前稿手自裁定始秩然成書遂以鋟梓於戲非公身任政教之責惓惓幸惠一方之人則是編雖更前後諸賢纂輯删潤亦終與塵埃蟲鼠共弊於敗篋中耳安望其秩然成書梓行於世哉先王疆理天下物其土宜齊其政而修其教九州之志自上世已與三墳五典偕號爲帝王遺書禹別九州分其圻界周則大司徒以天下土地之圖周知九州地域廣輪之數而道地圖以辨地物則土訓掌之道方志以知地俗則誦訓掌之凡若此者豈徒修彌文以飾吏事哉辨封域則

欲其愼固別淑慝則欲其勸懲錄丁口頃畝則欲徭
役均平書學校教化則欲習尚淳嬿以至物產豐耗
吏治得失莫不各有微意於其間皆所以爲政化計
天下郡邑志之所同也至於文事武備內修外攘則
在吾廣尤不可以一日弛故今之所志於兵防夷情
尤致意焉蓋禹貢文教之揆武衛之奮周職方氏辨
其邦國都鄙之人民雖四夷八蠻亦莫不然所以別
內外之限嚴華夷之防其爲吾廣生民慮也周且遠
矣吾廣僻居南徼夷寇侵軼無歲無之文獻之不足
於徵蓋有不勝其可慨焉者自昔方志之所紀載者

沈懷遠之南越志莫休符之桂林風土記劉珣之嶺表異錄范旻之邕筦雜記周去非之嶺外代荅皆徒有其目而無其書其書之存於世為士大夫所共稱道者在宋惟一桂海虞衡志作於文穆范公成大者在本朝惟一桂林志作於禮侍陳公璉者然文穆所志止於山川物産禮侍所志止於一郡數邑況自宋至今上下數百年而簡編紀載希濶寥寂僅僅若此事之遺闕夫豈少哉此今日修志之舉在公自不容於少緩也使後之宦於斯游於斯生長於斯者皆知是書大有關於政教是繼是承以禪續於無窮則由

今可以知古由後可以知今吾廣文獻將自是不患於無徵其爲利益未可以一言而盡也冕卧病山中快睹鄉國圖志梓行於時既深爲吾廣士民幸又獲挂名卷中尤竊以自幸顧衰朽蹇拙弗克出一詞以贊之不能不愧汗也爰筆冕之所以幸且愧者以告於公用以謝不敏云

重刻蔣文定公湘臯集卷之十四終

一園俞當藹校字

重刻蔣文定公湘臯集卷之十五

清湘後學俞廷舉重編
闔邑紳士　同刊

序

蔣氏受姓之地及古今顯名人物并吾宗所自出序

蔣出自姬姓志氏族者謂周公第三子封國於蔣杜預云在弋陽期思縣鄭樵通志略云期思宋改爲樂安今光州仙居縣是也今按大明一統志光州屬河南汝寧府春秋爲弦黃蔣三國地戰國屬楚秦屬九

江郡漢屬汝南江夏二郡魏析置弋陽郡晉屬弋陽汝陰二郡宋齊以降更革不一梁末置光州隋改弋陽郡唐復爲光州宋陞光山軍後改蔣州又按金陵地隋唐間亦名蔣州即其故地也漢書郡國志汝南郡期思有蔣鄉故蔣國春秋左氏傳凡蔣邢茅周公之胤蔣後爲彊國所滅子孫因以國爲氏考史漢以前無顯者宣帝時始有蔣滿爲上黨令子萬爲北地都尉父子同詔徵見帝命同日剖符以滿爲淮南相萬爲宏農守蔣詡在哀帝時爲兗州刺史以廉直著名王莽居攝以病歸田里蔣晉舉孝廉在靈帝時爲尚書郎後除汝

南太守遷交州刺史入奏事應對不滯拜尚書蔣澄封丘亭鄉侯又有蔣期蔣子文子文爲秣陵尉逐盜死鍾山下後爲神吳都建業封侯立廟子文祖諱鍾因改鍾山爲蔣山後封王太宗文皇帝加封爲忠烈武順昭靈嘉祐王御製爲善陰隲書首稱蔣王靈應者是也蔣濟仕魏爲中郎將兼資文武志節慷慨嘗有超越江湖并吞吳會之志後賜爵關內侯進爵昌陵亭侯進封都鄉侯卒謚景蔣琬弱冠知名隨先主入蜀除廣都長諸葛亮曰蔣琬社稷之器非百里之才亮每言公琰託志忠雅當與吾共贊王業公琰琬

字也亮卒琬爲尙書令封安陽亭侯加大司馬卒謚
恭蔣欽仕吳累遷盪寇將軍不挾私怨論者美焉濟
子秀孫凱皆嗣爵凱後封下蔡子琬子斌嗣爲綏武
將軍漢城護軍斌弟顯爲太子僕欽子一封宣城侯
劉宋有蔣恭與其兄協因妻弟吳晞張爲劫收付獄
兄弟二人爭求受罪後除恭義成令協義招令元魏
蔣少游以工藝仕至都水使者兼太常少卿卒贈龍
驤將軍青州刺史謚曰質後周有蔣昇以技術授車
騎大將軍儀同三司封高城縣子唐蔣儼太宗朝請
使高麗爲莫離支所囚不屈帝奇其節再遷殿中少

監高宗時進蒲州刺史卒贈禮部尚書蔣欽緒工文
辭累遷吏部侍郎歷汴魏二州刺史子沇廉潔博學
擢御史中丞中都副留守再遷大理卿持法明審號
稱職卒贈工部尚書沇與兄演涔弟清俱爲才吏清
初爲輦丞東京留守李憕賢之表爲判官與憕同死
安祿山亂贈禮部侍郎後謚曰忠敬宗錄其孫鄗爲
伊闕令蔣岑爲司農少卿劾奏宇文融贓私事融坐
流嶺外蔣子慎與同郡高智周善有相者言高公位
極人臣而嗣少弱蔣侯官不達後有興者慎終建安
令其子繪往見智周智周以女妻之生子挺歷湖延

二州刺史挺生渙洌皆擢第渙歷鴻臚卿蔣乂系出
兗州刺史詡詡十世孫休自樂安徙義興十一世孫
元遜陳左衛將軍其族有太子洗馬宏文館學士瓌
乂祖也瓌生將明國子司業集賢殿學士將明生乂
博覽強記綜貫群籍有史才終秘書少監封義興縣
公卒謚懿五子長係檢校右僕射封淮陽郡公次伸
位宰相偕歷史館三世踵修國史世稱良筆咸曰蔣
氏日歷仙佶皆位刺史係子兆曙庸伸子泳佶子琛
兆子承初曙子延翰史稱蔣氏世禪儒云載之唐宰
相世系表可稽也蔣華與李白游死葬敬亭山白詩

云敬亭埋玉樹知是蔣徵君是也蔣鎮代宗朝爲諫議大夫蔣防年十八父命作秋河賦援筆即成積官翰林學士中書舍人所著有詩集五代梁蔣殷武寧軍節度使蔣延徽仕吳爲信州刺史宋蔣堂清修純飭好學工文辭歷樞密直學士卒贈吏部侍郎從子之奇翰林學士知樞密院事之奇子瑎至侍從孫及祖興祖興祖知陽武縣金兵寇汴道過陽武興祖拒戰不敵而死贈朝散大夫曾孫芾進士第二人左僕射同中書門下平章事兼樞密使蔣元振知廉州清苦厲節在任啜菽飲水政尚簡易民甚愛之蔣棋道

州邑大夫蔣靜歷司業祭酒中書舍人蔣猷累官御史中丞兼侍讀卒贈特進蔣偕嘗封股以療父病後爲忠州刺史蔣漳入太學無所遇棄而歸隱黃庭堅在宜州病革漳往見焉庭堅委以身後事及卒爲棺歛具舟送歸鄒浩謫永州漳從之游後浩改昭州漳又經紀其家蔣元中學術修明元豐中在太學爲四方學者矜式蔣煱文大觀間通判融州以兵入援京師後趙鼎薦爲中都官煱文願補外職自試除瓊管安撫蔣煜拒寇寇欲殺之伸頸就刃詈聲不絕而死蔣子春教授鄉里建炎初金虜至新堺見子春人物

秀整欲命以官子春怒罵爲虜所殺蔣允濟紹興間爲新化縣令除革弊政民甚德之蔣元肅好古能文於書無所不讀王十朋甚重之蔣存誠好學工文辭仕爲國子祭酒出知饒州猶子繼周歷館職遷右正言孝宗稱其奏議得陸贄體蔣介武舉第一人光宗朝授閤門舍人蔣峴官至侍御史嘗自誓曰勿欺心勿負主勿求田勿問舍號四勿居士蔣傳太學上舍生慶元初與楊宏中等六人同上書論趙汝愚之忠李沐之奸謫送五百里外編管傳久居學校忠鯁有聞指闕之書皆其屬藁嘉定初褒錄宏中等傳已亡

詔以束帛賜其家蔣重珍嘉定中進士第一仕至集英殿修撰權刑部侍郎贈朝議大夫謚忠文蔣南金知容州興學校以教養爲事蔣舉元符間與鄉人唐諫上書論時事久寓太學忽棄歸養母後居母喪廬於墓側有瑞芝之異詔旌表門閭蔣一鳴一夔兄弟六人五世同居凡八十餘年有司義之表其坊曰崇義蔣公頔立志不群篤於爲義開慶間盜寇蠭起剽掠城邑公頔倡義殲其魁一境頼以安鄉人德之蔣少二割肎救其父眞德秀稱其孝恍篤至蔣公順壯歲即棄舉子業精研理學魏了翁謫居靖州公順往

從之學後又隨了翁入蜀凡七年多有所得了翁深許與之蔣湘登進士第瑞州戶錄蔣珙任全州幕職至元歸附授清湘縣尹廣軍攻郡城珙死之元蔣捷隱德弗仕平生多所著述一以義理爲主其小學詳斷發明旨趣爲多蔣正子著山房隨筆數卷蔣居仁至正中來安縣尹精於吏治民樂其政蔣允斥系出山亭侯七世爲唐吏部員外郎則之子勳爲吳越檢校司空兼御史大夫又十九世至其父元從學於金華許謙允斥又從謙弟子方麒授性命之學後又師事黃縉與宋濂王禕爲同門友年甫弱冠其學已粹

然一出於正爲文馴雅可誦所著有時敏齋稿蔣德明仕爲江浙行中書省左丞皇明洪武初有蔣學者以選爲起居注又有蔣偉器者與宋濂友善濂爲其父崇作墓碣稱偉器知尙正學非義所在誘以百金不爲動蔣賢輕財好施嘗率鄉民運糧赴太平助軍高廟嘉其誠俾知宜興州以老辭用其孫貞代之蔣庭瓚少有學術識達治體志存忠孝累官工部侍郎永樂中開設貴州布政司遷左布政蔣惠華亭知縣去姦民辯寃獄毀淫祠多惠政及民蔣艮輔有二其一教授閩中學規嚴肅多所造就用薦陞給事中擢

吉安知府其一羅山知縣修舉廢墜不勞民傷財政聲日振蔣資知靖州會同縣有善政蔣驥爲行人出使以清謹聞遷檢討進侍講修兩朝實錄進侍講學士終禮部侍郎子琳累官副都御史蔣守約禮部尚書蔣暉工六書仕至禮部郎中兼翰林侍書蔣勉刑部右侍郎練達刑名能聲著聞蔣用文永樂中太醫院判卒贈太醫院使特謚恭靖洪熙改元其長子主善亦爲太醫院判蔣誠知巴縣廉愼公勤興學勸士邑民有卓魯之謡後擢御史歴廣西按察副使蔣百朏由教官陞給事中遷春坊司直郎進南京尚寶寺

少卿蔣氏自受姓以來古今著名者凡若干人大率漢以前顯者多出自樂安唐以來多出自晉陵而宋南渡以後則又不顯出於一方焉湘源之有蔣氏不知昉於何時按致堂胡氏銘與安蔣允濟父熙墓謂蔣氏之在永桂間者儒衣仕版相望大抵出於蜀相公琰琬字也已見前蓋永即零陵湘源自有郡縣以來皆隸零陵居永桂之間又按湘源舊志載蔣公順其祖忠良號龍溪翁生三子少曰炎公順父也炎之族兄曰元夫嗜學善屬文游張南軒陸象山之門作本宗譜系遠近世數凡一千四十餘年歷歷可攷遠祖秀東

漢末來居零陵四傳爲蜀大司馬安陽侯琬又十六
傳曰在根唐初刺零陵歿葬湘源子孫因家焉宗族
散居其習尚大抵重厚而務本慷慨而好義今湘源
之蔣皆相傳以爲出自蜀相安陽侯琬之裔考三國
志琬零陵湘鄉人湘水發源於興安海陽山經湘源
零陵而灌陽春陵皆濱於湘今諸郡邑蔣姓獨多於
他方而湘源尤盛載考後漢郡國志湘鄉零陵漢永
建三年更名湘鄉其地西至湘源僅百四十里而近
今湘源蔣氏俗所謂十大房者世指爲安陽的派稽
之史傳參之郡志可信無疑所謂十大房者其一房

居城隍廟前在元有爲總管者入國朝某爲兵部主事其一房居城北門内國初某爲交阯知州其餘諸房則不能知其詳矣吾宗世居城東門内壽慶坊福惠堂之左相傳爲十房之一舊有譜圖遭元季兵火不存無從考質謹據本家所藏神主自參軍公而下其所知者則詳悉書之所不知者顓顓致慎寧略而不書不敢遠引泛附於古之聞人以張大吾宗以貽識者之譏云

蔣氏家譜序

昔吾先考斷事府君慨吾家舊譜歷世變故片簡不存癸巳歲以先祖妣喪解官家居方謀采錄以復其舊未幾卽世伯兄昇與晁深懼無所肖似不能成先考之志以彰先世之德恒寢食不忘於心歲戊戌偕來京師拜謁少宗伯瓊臺先生邱公於成均辱先生不棄以故人子見待處之館下因得竊觀先生所修家乘欲倣其義例著本宗譜圖而方學作程文爲進取計雖有此志力不暇及甲辰之歲兄弟偕試於禮部而又黜焉是歲伯兄南歸獨晁留居先生館下明

年肄業之暇廼譔次本宗先代世次以爲譜圖又請於先生得徧閱其家所藏古今圖籍凡蔣氏之顯名者皆撮其歷官爲人梗概并著吾宗之所自來者又辨其郡望與先世之同名者又詳著先代顯名者之所從出寔於譜圖之前繼以先世事蹟暨仕宦之歲月墳墓之面背妻室之姓氏女子之出處與夫遺文墨蹟皆謹錄之而以名人賢士贈送哀挽之作終焉虛其左方者俟他日續有所錄也謄寫成帙就先生是正寓歸於伯兄伯兄復書曰此先考志也爾能成之甚善廼諭序吾譜之所以作以示吾後之人是歲

爲成化二十一年乙巳歲不肖男冕百拜謹序

凡例 附

一是譜之圖每幅横畫爲五行每一行爲一世上自高祖下至元孫而别自爲世五世則一遷每世上畫爲圈圈用硃書圈之中標以元亨利貞等字爲號并著其排行次第圈之下大書其名名之下細書其字與夫朝代官爵（無官者稱處士）娶某氏生幾子及子名某其所標字號首以元亨利貞次仁義禮智文行忠信恭儉莊敬（盡此十六字此後子孫悉照此例擇此等字樣用之）凡四字一句皆書傳中所載成語一切盡倣瓊臺先

生參譜之例云

一譜圖上自一世祖下至於吾兄弟之子若孫皆詳書之凡吾之所自出者其平生事蹟所及知者亦必詳悉備載所不知者闕之若其他旁支但紀其諱某字某仕不仕娶某氏享年若干某年生某年卒生子幾人其子各某及墳墓所在其爲人非顯著者則不及致詳蓋以歷世既久子孫既多則載於譜者不勝其繁宜有遠近親疎之限詳其近者親者而略其遠者疎者此人情之常子孫各紀其所當紀使譜諜互見親疎有倫各詳其親各承其

所自出如此則子孫雖多而不亂世傳雖遠而無窮此歐陽子譜圖之法也

一蘇氏之譜親盡則不及而此譜無論親疎遠邇雖親盡亦書但有詳略之異者何盖以譜圖之作所以叙昭穆明世繫以尊祖敬宗敦本睦族而與夫孝悌之心篤乎親親之誼相與勉爲忠厚而耻爲浮薄建功樹業修德立言以不忘乎其先不但著其世代紀其名諱而已故不用蘇譜之例

一歐陽氏之譜首世系次事蹟旁行爲圖世經而人緯今略倣其意而不盡用其例凡書先代事蹟且

如以一世言之首行盡頭書一世二字次行低一字書參軍公尊行稱公同輩行者稱君又次行低一字書諱某字某其間或事有可疑者則據古人成說或區區一得之愚略辯析於其下又次一行低一字而以謹按别之無疑者否

一吾宗自三世而上其世次多不可考姑據神主之序首三府參軍次四承信又次十一判寨暨十二縣尹而五縣尹則又居其次焉盖三爲一行四暨十一十二爲一行五别自爲一行故其位序如此今爲此譜一以其行第爲世次其間名諱之缺者

則悉仍其舊云
一譜圖每二世之間於父之下子之上皆用硃畫一小圈上圈之下下圈之上亦用硃畫一線紋或縱或橫上下貫屬惟二世三世皆不然者何盖兩世四公止據神主而書既不知其某生某某某之所生而世遠譜失又無從考正或以爲三府參軍生四承信四承信生五縣尹五縣尹生縣尹諱子芳公雖所傳不妄而亦未有明據故今譜圖所書但隱然寓夫禪續之意而不敢明謂某生某云
一凡書先世事蹟其於名諱字號生卒歲月壽數葬

所有不知者皆空而不書每空一字畫爲一圈俟他日萬一有所考據則塡實之

一所書事蹟凡既往者皆書見存者在尊行亦不書虛其下方以俟後之人續書之

一先世仕宦者止據其當時官名而直書之如先考曾爲河西知縣則書曰某仕明爲某縣知縣更不另書爲知某縣事或某縣尹恐混於宋元之制而無別也他皆準此

一吾宗自受姓以來歷周秦漢晉南北朝隋唐五季宋元以至皇明幾三千年於茲矣而顯名史册者

宜不止於譜中所叙述者焉特以鯫生末學寡聞淺見不能徧閱天下古今圖籍與夫秘閣所藏者尚有待夫後之博學多識者嗣有所見或別有所考則續録之不勝至願

一援引書傳或不著其名目蓋以其間多參用已意敷演成文務欲明白使人一目便見勢不得盡標出之

一先世墳墓自員外公官於京師先祖兄弟皆幼多迷失其所在今謹以所常祭掃者著之於譜其迷失者缺之以俟他日訪求焉

一女子之適人者其夫之賢與其子女之有無及事有可紀者亦略著之俾後世子孫因此而重世姻云

一先世所遺詩文皆其平生精神之所寓者多亦不能盡錄今錄詩數十首云

一贈送哀挽之作不能盡錄今所錄者或其名位尊顯或與先世故舊交好或其文辭可傳皆謹錄之

瓊臺詩藁序

古之所謂豪傑之士大而經綸天下康濟生民至於言語文字之間皆足以師表當時垂示後世是皆其才之得於天者未嘗限量而變化不測又豈拘拘於一才者所可擬哉辟之水然升則爲雨止則爲淵流則爲川會則爲海初未嘗擇地而後施而其所施各隨所在無不可者蓋父不能傳之於子臣不能得之於君而爲師者亦不能語諸弟子此豈偶然也耶瓊臺先生邱公以豪傑之子生於國家明盛之時歷官翰林掌教國學爲天下文章道德之宗師其經綸康

濟之具雖未盡見於施行而著之於言語文字者一時之人不問識與不識莫不知而信之固足以垂示後世無疑矣凡所謂言語文字悉光明正大俊偉潔白類其爲人如飢之必食食必五穀如渴之必飲飲必湯水如寒之必衣衣必布帛蓋其得於天才自有不得不然者雖游戲諧謔嗤笑唾罵必也歸於有用而非虛誕無益之空言冕辱從先生遊於茲數年竊觀先生之詩擬李而似李擬杜而似杜擬韋柳而似韋柳遇有所爲無不各臻其妙此豈偶爾得意而爲之若世之能爲乎此而不能爲乎彼拘拘於一才者

哉蓋其得於天才者變化莫測故也先生之謨謀在
朝廷議論在天下事業在著述固不待詩而後見也
然欲知先生之爲人者抑或於詩而可以見焉先生
官禮部右侍郎掌國子監事天下之士不稱其官而
稱爲瓊臺先生表其所生之地以寓仰重之意也故
詩集因以名云

詩藁自序

夫人之能言非能言也乃不能不爲之言也情藴於中感於物而動夫雖欲不言其可得耶冕聞大司成邱先生之論以爲古能言之人皆有所不得已而後有言故其言工以故凡學爲詩詞未嘗敢有得已而爲者爲之必不得已皆所以言吾情之所感者伸紙信筆率爾而爲言雖不工不能逮古然亦不卹也自戊戌歲至辛丑凡所爲詩得若干首彙次成帙以呈於先生先生曰小子之詩成篇章而合格式矣自茲以往勉而不怠其或可逮能言者之言乎冕受言而

退因論叙之而藏於篋中

發冡論序

予亡友卯君一成嘗取蒙莊氏詩禮發冡之義作發冡論而託名於兀該拙卜古温意以非化外之民有迷罔之疾者決不爲此言譯以華言卽所謂無是人也得非用漢賦亡是公例歟嗚呼一成之用意深矣始一成爲此論旣脫稿未嘗示人予偶見之几案間亟欲屏去予請之再三廼出以見示且曰走爲此論乃癡人說夢中事也夢者固癡矣安知聞人說夢者不亦癡其人哉夫天下之事心有所蔽則以惡爲善以非爲是以害爲利者多矣古人不云乎簸糠眯目

則天地四方易位自是其是者蔽於所見但見其是而不知其非人一切有言舉不能入自非爲之說者遊探其所料指摘其所信推極其所期竭兩端而盡之凡彼所以爲之地者一一豫爲之言若彼之自言焉者又何足以感悟其心也邪予爲此論意蓋出此雖然天下事可言者多矣何獨論此哉殷鑒不遠在夏后之世事莫急焉故也言畢仍命左右匱韞之三緘焉且戒予勿言時一成病已亟曾幾何時竟不起矣嗚呼惜哉一成諱敦別號必學齋深菴先生冢子也生甫十齡隨母夫人南歸家居年二十四始北上

侍先生首尾六春秋而病居其半其卒也纔三十有一天資絕人遠甚書一過目不費思索卽了其義博極群書而尤究心陰陽造化之理往往有所深造性韜晦對人未嘗文言雖先生父子之間亦不能盡知也爲文多不起草興所到處落筆千百言不休每繙動簡册輒有著作之念多有所輯錄皆未成書惟此論脫稿云予辱游先生門甚荷一成教愛義雖友朋情同骨肉方將資其琢磨庶或少底於成乃遽爾棄予以去三復遺稿不能不盡傷於心昔者曾褒著論頌錢之神謂其無位而尊無勢而熱危可使安死可

使活賤可使貴貧可使富忿爭以之勝幽滯以之拔以至解怨仇發令問轉禍爲福因敗爲成極言錢之妙用以著其神然錢豈眞有神哉錢無神而謂其有神一成之論其郎褒之論歟嗚呼一成已矣世安得復有斯人使天假之以年其所成就當不在古人下

武學經傳序

監察御史施君一德按治廣西作武學於桂林簡武職子孫之將世其官者聚於其中延師教之以桂林僻居南徼艱於得書也乃取武經七書百將傳續百將傳合爲一書總名之曰武學經傳鋟梓藩司凡諸生肄業武學者人與之一帙俾其究觀前聞求古名將之用心行事是仰是師以期效用於他日隨所任使而皆求以無負其爲一方經略之慮甚遠非特取辦目前而已板刻既完於是在右布政使李君寅高君公韶按察使范君嵩右參政胡君岳副使張君珽

僉事張君邦信都指揮袁侯桂相與言曰是書誠守邊固圉者之律令也不可無序虛其首簡而猥以屬之於予辭不獲命乃爲之序曰古今言兵法者皆宗孫武子其次有吳子又有司馬灋有唐太宗李衛公問對有尉繚子有三略有六韜凡七書號爲武經在宋元豐間已然蓋自春秋戰國以來兵法之傳於世者多至百八十二家漢興經張留侯韓淮陰刪定約而爲三十五家厥後任宏論次其書又益之爲五十三家釐爲四種曰權謀曰形勢曰陰陽曰技巧凡世之兵法未有出此四種範圍之外者然孫吳以下七

書於四種中各有所祖而權謀一家實兼形勢陰陽
技巧之三術則七家之書亦可已包括諸家之書矣
宋人頒之武學以教士至尊之爲經豈不以武人之
七書猶儒者之六經庸可一日而不講哉我國家聖
聖相繼居安思危雖四海無虞不忘講武英廟臨御
詔定武士教條師之所教士之所學雖以小學大學
語孟爲本而亦未嘗不以七書百將傳爲輔施君今
日刻書之意固以嘉惠遐方實以遵行聖諭豈徒事
彌文以飾治具哉況百將傳編於東光張氏者於五
代宋元名將多缺盱江何文肅公續編蓋在成化末

公巡撫山西時雖去今纔六十年其書世亦未嘗多見今併刻之匪直嘉惠一方之士而已是不可以不識或以謂予霍去病不學古兵法而自顧方略何如虞詡不依兵法而日行二百里且變孫臏減竈法為之增竈張巡用兵不循古法惟曰吾使兵識將意將識士情而已宗澤授岳飛以陣圖飛曰陣而後戰兵法之常運用之妙存乎一心是四人者皆古名臣未嘗拘拘舊法而料敵制勝如燭照而數計曾錙銖之不爽也今乃不然無乃為不知變也乎予曰世未嘗無方員而兵法者規矩也謂物不能盡出於規矩乃

并規矩而廢之可乎霍虞張岳皆曠數百年而始一見今之將兵者豈能皆霍虞張岳也乃欲廢規矩而不用焉其不誤人家國也者幾希故苟未有李廣之才則不若守程不識之法之爲愈予既以此答或人之問適知州林元秩以李君書來速序遂書以復之施君字子修蘇之崇明人由進士再遷今官其撫治廣西清愼嚴肅不激不刻議者謂其得憲體云

重刻蔣文定公湘皋集卷之十五終

一園俞當藹校字

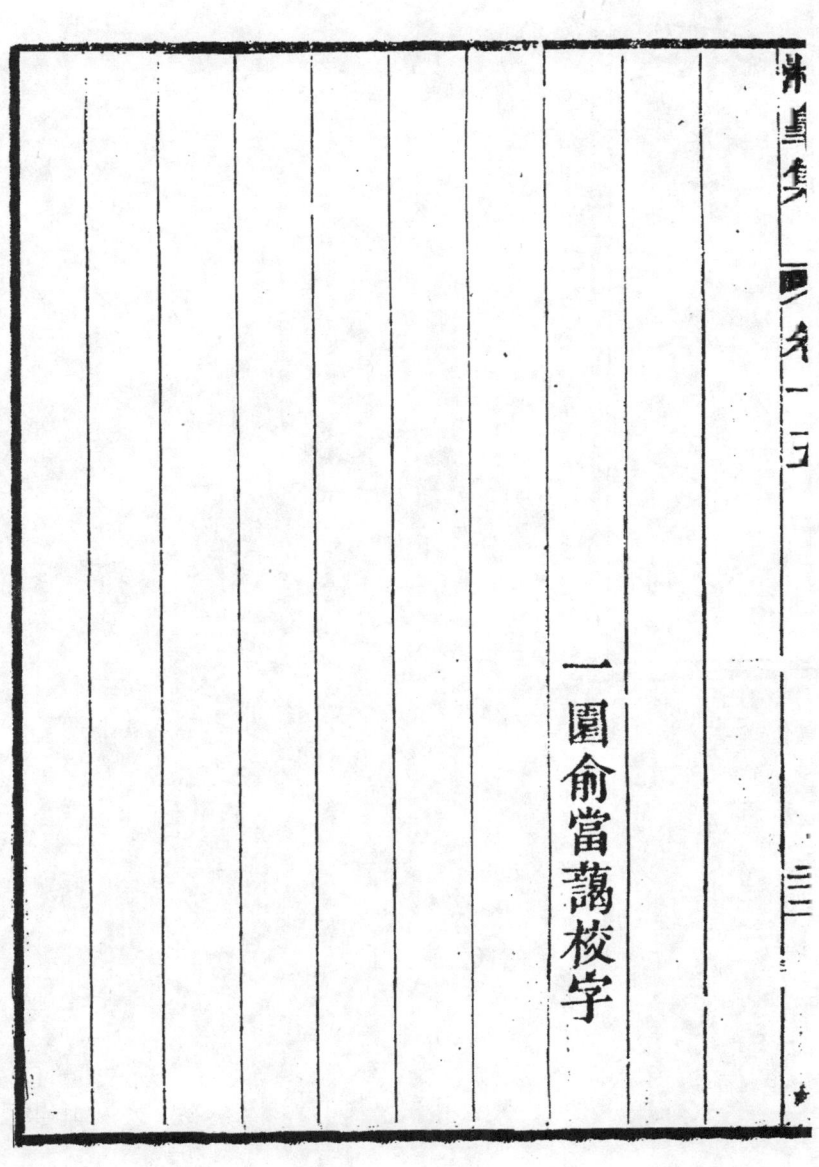

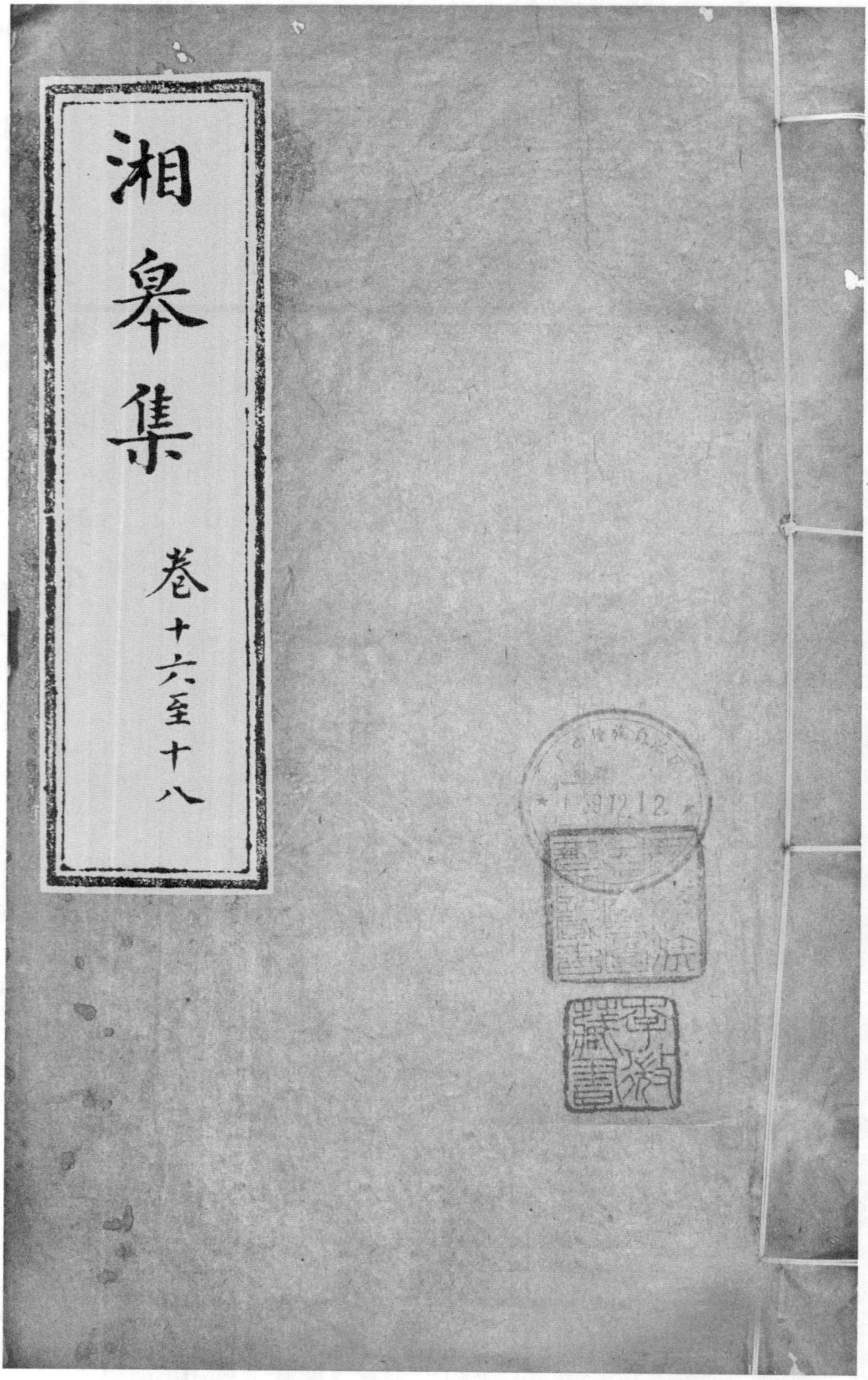
湘皋集
卷十六至十八

重刻蔣文定公湘臯集卷之十六

清湘後學俞廷舉重編

闔邑紳士　同刊

序

金臺別意圖詩序

瓊山邱君再成宗伯深菴先生從子也年甫十七八卽奮志於學與先生冢子一成自相師友讀書勤甚夜毎宿火寢室鷄初號輒起挾册就燈下聲琅琅達旦終日弗肯休率以爲常雖祁寒盛暑不少怠再成旣失怙先生又遠宦於朝衆咸謂其生長富貴中不

由父兄督廸乃能卓卓自樹立何生質之美賢於人遠哉其後入郷校爲弟子員游場屋久之弗得志不獲已爲有司勸駕應貢上京師既廷試援例卒業南雍不久將歸覲其親予於是有不能已於情者憶歲戊戌辱游先生之門時再成兄弟皆家居聞其賢亟欲一聚首而不可得因寓書約爲異姓兄弟後六年一成來展省予適見黜南宮朝夕先生館下同其誦習者三年又三年而再成始來方喜其來握手聚語相慰籍曾未幾時遽爾別去未知重來又在何日百年瞬息更能得幾聚首耶然又有告焉君子之相與

苟使德誼日進學業日修雖萬里睽違數年契濶亦何足惜不然朝夕跬步相追逐尚奚益哉予雖非忘情者而再成之志又決能卓卓自樹立今之别也進德修業將歲異而月不同固無俟於予言亦非予言所能增益所以瀆告之者君子相與之道當然也士大夫繪金臺别意圖送再成行各賦詩道别余因首書於圖之上方以爲序詩自編修涂君而下總若干首皆吾嶺南之士云

贈福建憲副余君誠之序

士固有居百執事之列而人即以公輔期之者雖嘗期之而猶未免欲其循資歷級不必其超然出於常格之外者豈於此而或有所靳耶以蘇文忠公之才且賢也宋英宗驟欲大用之而猶不免格於韓魏公之議魏公之於文忠不可謂不相知也豈亦有靳於文忠哉其言曰軾之才遠大器也他日自當爲天下用要在朝廷培養之必久而後取以用之蓋魏公之於文忠非不悉其器度才識足以當大任而無疑所以如此者特欲其久履歷以益大之而已才如文忠

用才如魏公尚不能不局於此而謂後之人顧有他
術而或出於此者耶予友余君誠之自爲布衣時操
筆作舉業文字已能屈其里中同業者及登進士第
由江右劇邑令召拜內臺御史出按雲南入掌三法
司事所至皆赫然有聲而其識度竑偉議論卓犖與
之游者皆知其爲遠大器也凡臺省之佐藩臬之長
一有缺員人必以擬誠之當道者亦常舉其丞轄[illegible]
而不果用乃今一旦忽有福建按察副使之擢焉[illegible]
今人同不同未可知則今日當道之所以處誠之[illegible]
昔魏公之所以處文忠者其意豈異也馬患其無[illegible]

里之資而已苟有千里之資則雖俯首帖耳於阜之間其千里之資固自若也而況已收於伯樂之付之王良造父之馭矣其過都越國一日而千里孰能禦之哉嗟乎天之生才甚難人之成才亦難遠大之才則固所謂公輔之器者其成之尤難也特馬之千里者耶苟欲用之而不先以其履歷試之則雖魏公不能得之於文忠也而況餘人乎自今日觀之操用才之柄者既思有以處之矣而以才見用者獨不能自養以俟其成以究吾之所用則其失不特有在乎誠之於此其亦當知所以自處矣予與誠

之同年交且厚因同年中之閩產者刑部郎中彭君
叔大來徵贈言遂書此諗之且以贈焉

送定安彭民望司教萬庠序

萬去定安餘百里而近彭民望定安產也而往官於萬其二親皆在堂今之迎養也不必裹餱糧選車馬而即至於官邸至則耳目鼻口百體之所奉如不出乎其家姻戚故舊朝夕相見如不出乎其里其山川土田市井風謠習俗語言皆飽聞而飫道之居則安焉其心未必不欣然樂也故民望之拜官也必躍躍以喜夫以一區區郡文學曾何足為君子輕重而民望得之乃躍躍以喜者何哉豈不以二親之便於養而二親之心能安且樂焉故耶夫使二親之心能安

且樂則子之心亦無不安且樂者固不待言而可知矣假令陟崇階膺穹秩駟車高蓋洋洋衢路間而二親乃不能涉鯨波踰汗漫以來就養君子亦安肯遽以此而易彼乎民望之心初非惡是而逃之蓋有命焉固不可以幸而致也民望嘗學易於吾友蔡信豐使其遊場屋也不遭迍坎壈屢戰而輒北則向之所謂崇階穹秩者或可以乘時取之迺今僅得一支郡文學亦恐位之未必浮於其才而論者猶不能不以世之爲人父母者之心以槩議其親謂其親之心或不能無少觖望於此然君子之事親盡其心不夸於

外處崇顯焉固以求吾親心之安而樂也處卑散焉亦以求吾親心之安而樂也豈以己之得於外者卑高冷煖而遂低昂軒輊於其親哉昔嘗竊怪昌黎韓子謂歐陽詹之父母老捨朝夕之養以來京師其心將以有得於是而歸爲父母榮爲詹之孝然則待於外而後爲孝雖賢如詹者尚亦不免昌黎固不得不俯就而稱說之乎獨不記他日之答陳生書乃譏其汲汲於科名以不得進爲親之羞者爲惑歟民望於斯固宜知所擇矣有以志乎道必不同乎俗有以合乎世必不信乎古不知所擇也可乎抑又有聞焉古

之以道學名世者其親有曰吾聞君子以善養不聞以祿養由是觀之則祿養且不足言而又奚暇計其養之便不便哉民望有二弟皆勵志問學聞民望之教於萬皆將往而從之民望擁皐比振說鈴談道考古之際弟兄師友其尚以是相與商之

贈包君好問僉憲雲南序

監察御史包君好問在任數年克盡職業及其出按貴藩也憫遠民疾苦屢屢論列於廷其疏驛傳軍士之倣尤切邊方民隱言多采納受代北上未幾遂有僉憲雲南之命蓋宰臣之所薦聞天子之所進用其不輕而重也較然矣然吾廣南人士則猶有爲不釋然者以吾鄉人通籍朝著間落落如晨星霜木有如包君誠不易得語其經術則年甫弱冠即擢魁鄉闈入胄監名聞縉紳間尤爲閣老商公司徒薛公所器重皆延致家塾以教其子弟尋登進士第語其政事

則爲理官於撫郡獄無寃民人因其姓之偶同於拯
也至謂包待制復出語其持守則凛乎有霜松雪栢
之操經術如君政事如君持守如君使恒簪筆立天
子左右佐其長偕其僚肅風紀於殿廷霈膏澤於閭
里奚爲乎不可今顧使之出僉臬事於萬里荒邈外
行山窮水絶之鄉臨鳥言夷面之人躬推詰窮鞫之
勞無乃非少抑乎以是爲權衡人物者惜子不謂其
然士君子有所挾負遭有爲之時居得言之官於凡
政治利病民生休戚舉明目張膽㦤㦤焉爲君上敷
陳別白何其快也然特言焉而已爾尚不若身親是

諸設施者爲尤快況今皇上一視同仁萬里之遠如在目前雖遐陬僻壤亦宜與畿甸等包君昨官於近得以言則言矣今官於遠得以行則豈不能行乎致功業之隆膺爵位之遐未必不在茲行也凡居若仕與予同者合辭屬言以贈因述前所云者致之離索恒情固有不足言矣

送肇慶太守黃君伯望之任序

朝廷比以江右盜賊之熾由列郡二千石之非良因守臣有言赫然罷黜三數人以懲不職雖去而更任他藩者亦弗之貸於是尚書戶部郎中黃君伯望用大臣論薦出補肇慶知府肇慶於嶺南爲要郡自嵩夷搆難以來雖已歷數十年於今凡昔之蜂屯豕突至不可爬梳者固一切草薙而禽獮之矣然郊郭之外墟落之間帶牛而佩犢者尚往往有之其民果皆一一安於田里而無嘆息愁恨之聲者乎嶺南之賊雖與江右之賊大勢不同然揆厥所原非拊揗之無

法則控制之失宜其所以致之大略宜無不同也在
二千石皆有不得辭其責者進厥良亦黜其或不良
聖天子憫念元元之仁何其周遍而無間也哉伯望
以進士官戶部十餘年其持身蒞政未嘗輒行所愧
義苟當爲率亶前爲之無毫髮顧忌意嘗抗論戚里
治第宅役及衛士於邊方多事之秋謂非清朝所宜
有人皆爲伯望危伯望竟弗爲阻蓋其志節見重於
搢紳也久今日之命大臣之所薦聞天子之所選授
所謂不輕而重較然者茲其往也其所謀畫經制當
必出人遠甚獨未能逆知其設施之際果將何先耳

昔之人有不肯以催科妨撫字者陽成治道州是也又有謂撫綏不如保障者尹鐸治晉陽是也二者相值不可以缺一而君子處之倘斷斷乎不忍以彼而易此也如是況在肇慶之今日負非道州晉陽尋常無事者比顧催科撫綏之政乃盡法處之而不知所以操縱之可乎吾知伯望於此將必有不能恝然於心者矣伯望往矣他日聞嶺南要郡有以撫字之勞成保障之功而俾一方之民優游田里熙然不知變息愁恨爲何物其名隱然與古之良二千石齊驅而爭先焉者其非伯望也夫於是伯望之同官石景輝

陳子居輩因屬予序以俟之

送瓊人李生分教萬州學序

萬瓊之支郡也其人才士習大抵與瓊不異昔人謂衣冠禮樂班班又謂海濱鄒魯雖槩言海外四州然竊以爲非瓊不足以當之而萬也抑亦可以居其次矣生以瓊産而教乎萬之人譬如操海舟以泛於海駕陸車以馳於陸地與器相宜無齟齬窒礙之患也師道其有不立也哉孔子魯産也當時速肖達才於其門者類皆岱嶽沂水之英朱子閩産也當時執經講學於其家者率多建溪梨嶺之秀蓋聖賢之施教其化雨之所沾濡春風之所披拂雖無間乎彼此邇

遐而在其鄉邦邑里之中者往往得之最先且深故其人多有所成就自孔子朱子以來則然矣生蚤歲讀闕里考亭之遺書卽知所嚮慕而夙夜孜孜求所以講明其道施於文辭每能屈服其儕輩獨與主司所操之尺度不合連進而連不得志於是載其素所講明之道去而陶鎔造就乎鄉郡鄰邑之人才蓋生之生雖後孔子朱子數千百年其所生之地雖去洙泗闕里尚數千百里然其素所講明之道則固聖賢闡揚建立以垂教萬世者也今之去也正冠束帶分席鱣堂之上日與英明秀偉之士相授受亦豈可外

此道而他求哉自身心性情體認存養之寔達之於
天地事物之理凡夫天地之高厚日月之昭明山嶽
江河之流峙草木鳥獸昆蟲魚鱉之蕃且育人倫日
用之所當然與夫動靜云爲語默詘信出處進退凡
斯道之所寓歛之而爲德中之而爲諠形之而爲威
儀發之爲言辭充而大之以爲功用事業載在孔子
所删定之經朱子所訓釋之傳生平日誦習於庠校
考訂於師友學焉而夙夜孜孜者皆今日所當温而
習之思而繹之觸類而長之以爲施教之資者也然
則生其可以不勉歟生茲去矣他日炎天漲海之中

聞有能立師道於其間而致人才士習果不異於洙泗闕建天下之人見其衣冠禮樂之盛班班然盛於昔莫不曰此眞海濱鄒魯也考其師友淵源所漸其必有所自也夫

送澄邁朱教諭序

瓊去京師餘萬里士之出而仕也未有不水浮陸行舟載車負閱寒暑更歲月而能至乎京師者又由京師而官於四方其跋涉之艱陟降之勤凌冒之虞尤不可以一二計故士之生於其土者雖有奇材異能亦往往潛深伏隩不欲與世相聞其去墳墓離鄉井捐親戚以就升斗之祿者大率不過十人而四五故仕無崇卑惟以得鄉郡鄰邑爲愜心飲食奉養之具風土調攝之宜語言習尚之務不必其同而自無不同養生治性行義求志無適而不可故予每博求乎

其人孰於耳而蓄於心其經術之明問學之富識見之卓犖然當乎人心者就令指不多屈如吾朱從周氏亦宜收而錄之必不在所遺也今也顧以一進士乙榜而鈎致之僅得澄邁之一校在從周之心不自以爲屈而在鄉邦士之議顧甚以爲喜何也古者列國士各仕於其鄉無敢越境今天下一家士皆易地而仕未有仕而不易其地者也從周瓊士也澄邁於瓊爲屬邑山川相望牛羊之牧相交蔬果穀粟之畦相入我之東境彼之西封也徐行之騎朝發晡可至由瓊之澄出門跬步回首家林尚在眉睫而遽已履

其郊野入其郛郭坐其公署所供奉如不出乎其家所交接如不越乎其鄉據師席以臨諸生其教條軌範次第節目不必紛更變易以震耀耳目而固足以一士志合往轍矣其與殊鄉異境羈旅無聊之人必有所係而身無所適習尚不通見聞不熟必待旁咨久察而後僅有所得者相去蓋萬萬也若曰官以儒爲名秩清而地散鄉郡鄰邑之朋儕故舊可相與嬉遊晏樂日徒飽廩祿倚席不講及問以職業則曰彼長材秀民吾飽聞而飫見之青雲足自致也又何事於教從周不如是也而亦非鄉邦士之所爲喜也

送貴池令陳廷理歸治所序

貴池令陳君廷理與予伉儷之兄仲廉通政仲華侍御其先同出雲陽之蒲江蓋兄弟行也三君俱業儒而通經先後舉於鄉通政侍御既第進士官朝著而廷理尚回翔州縣方從事於催科撫字之間其宦跡不必同而要其所存所操皆求無悖於義雲陽之陳在前代書鄉宦譜世不乏人而求之今日不無泉陵鐵爐步之感然支分派衍散處他方如三君輩皆卓然有立以求無忝乎其先黃河出崑崙其至中國蓋不知其幾千萬折也而後抵底柱觸龍門以爲奇故

觀於三君而陳氏先世之澤其所從來者遠矣合抱之木不生於步仞之邱千金之璧不產於蹄涔之水磊落奇特之士宜乎出於文獻故家而金昆玉季連袂而興亦其宜也廷理以器局之宏趣向之卓議見之明政事之斂守之以謙行之以恕穹秩華階且將廹逐而不赦豈區區一縣令之所能淹哉然戴星出入於九華秋浦之間今且七八年雖徵黃之詔欲下而借寇之請不之奪也歲之初吉述職而歸朝之大夫士凡與通政侍御游從者咸出祖於郊酒壺既傾鴻鴈分飛有出席而言者曰離合不常今日雖暫離

矣安知指日不再合乎廷理翩翩而來接武鴈行以
箎羽鵷鷺將必在旦暮間矣

送李君思學歸瓊南序

太子太保禮部尚書兼文淵閣大學士瓊臺先生以文學道德爲聖天子所眷注朝夕左右論思密勿以行其經綸康濟之學先生聲名滿天下天下之人平日飫觀其著述稔聞其議論而想望其風采欲求一見而不可得而瓊人慕之尤切蓋自先生擢甲魁官禁垣以至於今正色立朝者四十年中間雖以太夫人之憂嘗一歸然未幾卽來亦餘二十年於今矣瓊之人雖家傳其書人遵其禮而不瞻先生之眉宇已非一日其思慕願見之心當何如哉況在姻戚之中

而有兄弟之義者乎此澄邁李君思學之所以北來也君太夫人之猶子於先生爲内弟去年之秋自以不見先生也久謫言將北上或以道遠尼其行君慷慨言曰昔巢元修之於二蘇徒慕其文章節行之高尚不遠數千里徒步往訪之况吾内兄文章節行高出古人上乎也又幸居姻戚兄弟行少相與嬉遊今白首矣忍不相追逐耶久别願見必甚飢渴顧以萬里爲遠哉苟以遠自阻吾恐巢元修笑人即日戒行李上道由陸且水旣沿復泝閲數月始至京師時先生求歸之疏已八九上而李君適至先生得之喜甚

留處左右將藉之以輔其歸遂再疏懇以疾請聖天子親發德音謂先生文學老成方隆倚任不聽其以疾去但令大風雨雪日俱免朝參以優崇之蓋好治之盛心崇儒之異數亘古罕聞而在今則僅見者也先生其安能遽歸於是李君辭歸將爲先生葺理田廬以成其他日歸老之計以寬其今日內顧之私俾益得顓精畢力於論思密勿之任以仰答曠世之奇遇此李君之志也李君歸矣吾想其抵瓊之日族姻朋儕畢來胥會相與蔭榕陰酌椰漿劇談聖天子圖任耆壽俊之盛美而嘉歎嶺海以南以文學道德而

位極人臣者百餘年來僅一見於先生也間出先生之緒言餘論更相告語益勉爲忠厚而耻爲浮薄以稱先生嘉惠桑梓之心吾知瓊之父老子弟之欲見先生而不可得者一見李君亦如見先生矣豈不快哉因序以華其歸

送陳仲信丞淮陰驛序

陳君仲信蚤以才諝辟爲藩垣從事既而來京師又從事於地官卿去年以公務侍其兄仲華侍御南歸居亡幾何又侍其兄仲廉通政北來至是拜命爲丞於淮陰驛在朝搢紳與其兄有寮寀之誼鄉曲之雅者合謀贈言因屬筆於予陳蔣世姻家予之伉儷又仲信之從妹義不容默言以贈之請不須而規可乎敢問仲信今日所以修其職業與夫平日所以嗣其世業者何如惟今淮陰居兩京之間當四方水陸之要衝凡京師命令之下於南服南服之貢賦餽餉凡

有事於京師者未有能舍此途而他出故雖郡邑之守宰亦且焦心疲力往來將迎之不暇況郵傳之微者哉有舟楫輿馬之需有廩餼芻秣之給有舍館供張之辦又況酬應之際得之此或失之彼譽於前或毀於後安能百發而百當欲職業之修蓋亦難矣仲信其將何術以處此耶雖然職業弗修不過取咎於公家而世業弗類不免取譏於公議是故君子不以傳珪襲組爲難惟以亢宗光世爲難也今夫白屋匹夫崛起草莽以叨有一命衆方且幸之以爲榮其所施爲苟不甚至詭道而悖義人責不加也若夫世胄

子弟命秩雖加人亦未必榮之或者道義少戾焉衆
且起而咻之矣曰彼之父祖何如人也彼之昆季何
如人也今若此不墜其家聲也者幾希仲信之先世
有令德先高祖長史公以經術文學受知高廟蜀獻
王親禀學焉其著述傳世至今儒者類能誦之先大
父貢士公好古博雅不樂榮利一薦名京闈遂振衣
而歸家居授徒其古心古行歷歷在鄉人口耳先君
郡博公暨先季父贈侍御公克世家學先後舉於鄉
為郡縣文學所交遊皆海內賢豪今通政侍御並以
進士上第致位通顯朝夕在天子左右諸弟鄉進士

仲和仲玉皆駸駸嚮用於時仲信方頡頏伯仲登名仕版其所以惇道秉義以求不辱乎其先固素志也今也可不尤加之意耶於是仲信肅然改容歌蒸民小心翼翼夙夜匪懈之詩載賡文王詩其六章之首二句而歌之且再拜曰吾子規我敢不拜德於是縉紳咸知仲信果能修職濟美而不終老於鄙傳之徵也審矣因書以贈焉

重刻蔣文定公湘皋集卷之十六終

一園俞當藹校字

重刻蔣文定公湘臯集卷之十七

清湘後學俞廷舉重編
闔邑紳士　同刊

序

送大參楊公謝政歸四明序

吾廣西參政四明楊公志仁自宏治巳未以來在仕路間無一歲不求去或乞於銓部或言於巡撫巡按憲臣蓋不知凡幾矣皆固留之不聽其去去年夏具疏走价上京師巳而价至京師病歿疏不果上公心自是恒鬱鬱不樂今年夏會江西右布政使鈌員天

官卿以公名薦遂詔公致其事以去公聞命喜謂
昔嘗累求而不得今乃不求而得之欣欣然戴上之
恩有甚於晉用者世皆知求進之難耳豈知公求退
之難乃若此哉盖公自登第至今已三十有五年由
刑部陟憲副亦二十有三年與公同年第進士同時
列部憲者前此數年已往往晉而位三孤官六卿矣
而公乃遲遲至今竟以此官致其事而去豈公之素
志樂於退而不樂於進肆上之處公亦或有以亮之
也耶公之先公文懿先生以道德文學爲海內鉅儒
在景泰間已官館閣及宏治初始由學士進貳天官

猶屢疏求去不已難進易退豈公之家法固自爾邪
公自少穎慧獲聞文懿先生義理之學年十七八始
從從父太宰碧川先生業舉子未幾業成三試皆在
高等入刑部爲主事歷郎中陟湖廣憲副改山東已
而左遷同知長沙府事尋謝病歸既數歲始用薦起
知安慶府久之陟參政歷官中外皆以文翰政事著
名其在山東疏河決張秋事危言極論敢於批逆鱗
編虎鬚攖權倖之鋒困挫屈抑瀕九死而不悔其事
尤偉公既以是齟齬於世世亦莫得而用公仰公之
忠者徒想望風采而已非不屢騰薦牘也然黽勉受

俞未久遽歸亦孰得而強之哉世之君子不有以言獲譴類公初節者乎然及其既仆而奮也顧反藉是以爲掇華躐要之媒毀方爲員揉直爲曲百鍊之剛化而爲繞指之柔者蓋有之矣今公之出也於彼之所謂華且要者雖逡巡退避然更踐所至不爲勢怵自初至終皦乎粹然無少疵議一出一處清名偉節舉無愧於平生蓋不以一身之用舍爲榮辱而以天下之予奪爲是非此固公之志而士論品評亦非敢輒以愛憎而妄爲軒輊者然則公之退未始不爲進而其屈乃所以爲伸也其所得不已多乎走雖不足

以知公而辱知於公父叔間且與公弟四川按察使志道爲同年友故於公之東歸而方伯孫公之需贈言也舉公平生大節復之且以諗於公焉公在吾廣右嘗佐總督憲臣平積年逋寇於柳又偕副總戎擒況村逆賊於思明奇算英略真足以關謀臣武將之口而奪之氣又其他政蹟亦多歷歷可稱以非其出處大致所關故不得而詳也

送地理黄生歸劒江序

相地之說豈獨堪輿家有之我乃卜澗水東瀍水西書固嘗言之矣卜云其吉終焉允臧詩亦嘗言之矣然此猶爲居室言非爲宅兆言也孔曾相與問答極論夫孝子生事葬祭之道顯顯然著之於書以詔天下後世至其終篇舉送終之大節而特揭之曰卜其宅兆而安厝之使所在之地而皆可葬則何事於卜正以地有美惡不得不卜以決之葬焉而不卜卜焉而不吉則雖葬而未必能盡善吾親之體魄容有不安焉者此孔子所以有安之之說也自是以來鄒孟

氏以及司馬氏程氏朱氏始有無使土親膚之說又有土厚水深之說又有土色光潤草木茂盛以爲地美之驗之說又有避五患之說又有擇主勢強弱風氣聚散之說皆不過推廣孔子之言而益致其謹重周慎之意特後來者言愈詳而意愈密耳此正天下後世凡爲人子者所當尊信服行以爲蓍蔡指南者也堪輿家謂凡人之賢愚壽夭富貧賤貴一切皆冢中枯骨之所爲雖天道福善禍淫之理世主賞善罰惡之權皆可以置而不論甚則至謂神功可奪天命可改而禍福之應速不旋日則與此甚相矛盾有不

可同年而語者矣然彼之業是術者但見其師資相授大率皆然遂益鼓其說以誤世人譸張誇詡飾僞以爲眞以愚誑愚先後一轍雖號爲讀儒書者亦每甘其愚而不之悟且自謂吾之禍福其輕重予憖皆不出其術中由是舉吾親之體魄一聽其所爲以自陷於水泉螻蟻之地而不自覺曾不知彼之言固有與吾儒合者其曰乘生氣者是也曰止聚曰風曰水曰土欲堅潤云者皆生氣所以乘之由亦豈得謂爲無理哉在人子者亦宜參互考究之爲所得爲以自盡夫必誠必信之道特不當以禍福言耳予年十二

而孤先君窀窆事惟吾伯兄今湖廣憲副梅軒先生是賴於堪輿家之說懵無所知頃自先母棄背朝夕皇皇焉圖營宅兆業是術者往往踵接於吾門最後鄉貢士楊仁夫以書自衡山來亟稱劍江黃生璿既而生至與之語郭景純葬書甚習問與之陟降岡阜探討源委則於山川性情務求其隱顯向背之未易測識者其於譸張誇詡之談未嘗一出諸其口其爲人又謙而好學在吾家一聞丁憲副時雍言永豐李愼儀之術有過人者卽辭予往從之得其肯綮爲多予家居二年生凡三來吾全每一見之輒喜其問學

方新而未已廢乎可與論吾儒愼終之道而不拘拘然泥於彼所傳禍福之談者故因其佐予葬先母而歸也書此以張之且使人知予所以與進乎生者意蓋在此而不在彼也

送僧正某歸湘山序

湘山寺在吾郡之西郭僅二里許岡巒秀拔巖壑瑰詭雲泉竹樹之雅樓閣亭臺之勝爲湖南蘭若甲遠邇之間幽人勝士方袍宿衲來遊來止者蓋歲無虛日寺之主僧曰某公從容延接雖日倥傯而不以爲勞見者咸愛悅之所以協相之者蓋其上足某之力居多二衲之名由是隱然不相軒輊今年某以叢林妙選受諜來京師補郡之僧正既拜命過予玉堂之署作而言曰湘山自有寺以來更唐閱宋上下數百年世之名公鉅夫騷人墨客過而遊者莫不徘徊而

歌咏崖鑱碑刻其多至不可縷數歲月滋久苔蝕蘚剝殘缺而不可讀者蓋十已八九其或題之壁間書之簡上者亦多雲散鳥没不復能收拾殊甚爲此懼焉今承乏主席將歸畢力於此窮搜廣訪不計歲年天其或者不孤斯志存十一於千百先生儻不鄙他日幸爲我是正而詮次焉刻梓傳世庶幾山門增重也予聞而異之嗟乎推某斯言以求其志之所存其不苟焉碌碌溷跡於其儕也必矣予且不日得告南歸躡屐遊兹山登甲亭步雲歸庵倚闌而立拊檻而歌窮遠目於江山雲物之表或卧苔石或濯澗流招

白雲而訊之撫松篁而延竚求菜所搜訪者而盡讀之據紙上陳編尋山中遺跡以一洗胸中塵土之思庶幾紆徐容與之與幽尋勝賞之趣厭飫乎平生斯時也不知某肯掃松花瀹茗椀來陪我杖屨否

慶少保兼太子太保戸部尚書武英殿大學士

礪菴毛公壽詩序

賢人鉅儒以身任天下之重天下之人想望風采往往占世道於其身而壽考康寧果足以壽國家之脉功在社稷澤在生民天下之人有陰受其賜而不自知者是豈人之所能爲哉此晃於少保礪菴毛公之壽不能不歸於天也當武宗之朝公在内閣與少師石齋楊公同事屬時事之多虞艱難險阻備嘗之矣委曲調護心勞力瘁豈意有今日哉而不知天眷聖明將啟一代熙明之治數十年前已篤生石齋公與

公數人者擬於其時矣人徒見天下今日之熙明也而不知由前日之艱險有以來之見公今日之壽康也而不知由前日之勞瘁有以致之山嶽出雲而霖雨被下土凡下土之萬物榮遂孰不以爲霖雨之功也而不知本於山嶽之功論世道者寧可不知其所自哉然則今日頌公之壽而不歸之於天眷吾君可不可也書不云乎天壽平格保乂有殷詩不云乎樂只君子萬壽無期自殷周以來天佑人國家壽其元臣碩輔而因以壽其國脉若詩書所稱巳莫不然蓋不獨今日始見於公也而公之事則晁之所親見焉

以所見質所聞公之壽雖同於古人而所以致今日之壽則又有古人所難而不必其同者非天其孰能爲之初公以山東鄉試首薦第進士入翰林編摩史局啟沃講帷已偉然負公輔之望及侍武宗講讀於青宮由學士陟亞卿晉大宗伯遂以清德正學宏才遠識爲士大夫之所推重用廷薦延登宥密之地機務之來悉意籌度平時謀議大率惟以愼守彝章培植善類爲主迨夫乘輿屢出往來南北諫說徒切力莫能回公與石齋公協心居守備竭忠誠既乃鼎湖値遺弓之變國勢危疑人心惶惑公又偕石齋公奉

迎今上皇帝入正大統以安宗社繼而討擒逆賊濬消禍變釐革弊政擢用忠賢又與湖東費公同寅匡輔隨事納忠知無不爲言無不盡坐鎮廟堂不動聲色而使陰厓寒谷一旦變爲春風和氣之區八荒之廣皆躋之仁壽之域我皇上旋乾轉坤之賜其何可忘也而公與諸公壽國之功於是爲大矣非天其孰能爲之知天意之所在念昔日艱險勞瘁之不可暫忘思今日警戒保持之不容少易時兢兢而日慄慄舟行安流張飽帆鼓順風而恒不忘前日驚濤駭浪之虞蓋相與迓續滋至之天休斯固賢人鉅儒以身

任天下者之所有事亦固公與石齋諸公之素心也豈不足以爲公壽哉公今年壽登六十七月十有七日寔爲始生之辰石齋公湖東公咸謂不可無言以賀因公家東萊海上屬善繪事者寫蓬萊秋霽圖首倡二詩書於圖之左右館閣諸君子聞而咸和之總得詩若干首聯書巨軸將節是日奉以壽公而虛其上方退晃爲之序晃幸從諸公後無能爲役序詩之責其何敢當然亦不敢辭也爰敬述天眷吾皇與公遭際之盛千載一時不徒以爲一身一家之慶而可爲天下賀者書之以爲群玉之弁

慶少師兼太子太師吏部尚書華蓋殿大學士石齋先生楊公壽詩序

今年我皇上以少師石齋先生楊公一品九年後又歷三年勳績茂著乃九月七日御奉天門視朝特召吏部至榻前授以手勑進公太傅命卜日錫宴於禮部仍賜勑以褒諭之蓋公自筮仕至今巳四十有六年由保傅而首三孤亦十有六年一品歷四考閱十有二年今年二月初巳踰考績之期碩德謙虛方且以盛滿為懼久之不肯書牘吏部固以舊制強公乃面奏黼座之前以有今命公心尤切驚懼懇疏以辭

優詔不允疏四上至決以去就上重違公勞謙雅志始不得已允焉是月之十有九日也是日宴公維嶽降神之朝公之壽於是六十有五矣先是禮部奉旨以是日宴公保傅尚書侍郎都御史凡陪宴者咸在方焚香望闕稽首拜恩適允辭命下一時得於見聞者莫不嘖嘖仰嘆我皇上所以待公與公之所以得於我皇上者誠千載一時之盛事勅則自虞廷汝往汝諧乃休乃績數語見諸典謨外後之君臣出於心相孚契而形之乎言若公今所被賜者指盖不能以多屈宴則自鹿鳴魚藻而下本朝在前輩惟文貞文

敏二楊公在今日惟公僅一二見宰執生辰有畢醪之賜雖間見於宋而特宴儀曹因最績而舉壽觴在今日與金匱史成進士臚傳偕縈儷美亦固未之前聞也若乃懇辭三公不受則在本朝惟公一人而已視司馬文正之辭副樞崔清獻之辭右相又孰多讓上之所以待公與公之所以得於上者如此誠所謂希濶殊異絕無而僅有者也公果何以得此哉必忠誠而氣剛正知有國家而不復知有吾身苟可以利社稷者知無不爲而一切禍福利害舉不足以動其中是以能然也公在正德初已入秉事樞屬時多虞

內外權奸相繼亂政國勢凜凜有識寒心公以一身任天下之重隨事匡持曲盡心力雖虐焰薰灼四海鼎沸之時政務所關義有不可未嘗苟狥誠意感孚忠言開導卒歸於正南北宗藩前後叛逆人心洶洶鑾馭四出根本空虛而京師晏然海內寧謐朝野之間皆恃公以無恐既而鼎湖值遺弓之變中外危疑公偕諸老奉先帝遺命決定大策奉迎皇上入正大統以安宗社其時逆彬手握重兵伺隙搆釁公從容談笑剪其羽翼邊庭將士咸厚賚予散遣歸家京營精鋭凨隸私門者各還部伍尋請昭聖慈壽皇太后

懿旨擒彬暨其黨羽下之詔獄不頃刻間禍變潛消
京城遠近老稚歡呼以爲我輩不死倉卒鋒刃之下
伊誰之力肆我皇上雍容入都承祧踐祚以臨億兆
改元詔下積年宿蠹一旦剗除如解倒懸如脫桎梏
涵濡德澤於顛頓困憊之餘者如寒極而春如旱極
而雨也大刑政大禮典贊襄於新政之初者尤不遺
餘力惟恐毫髮有所未盡仰有戾於聖賢正訓上有
違於祖宗成法窮日夜忘寢食無一念而不在乎此
也非主之以忠誠之心而以剛正之氣行之其能若
是乎惟其心忠誠而氣剛正故意之所嚮言論足以

達其有猷施設足以遂其有爲至於事變之來節義又足以固其有守以正君心以定國是以攘凶逆以處危疑履常應變自無往而不得皆是心與是氣爲之也岷峨間氣自東坡後再鍾於公猷爲節義槩與坡同而位遇則遠過之重厚如勃比跡魏公而事之難爲在正德末則又有甚於嘉祐之末多矣古所謂社稷臣若公者非耶於是少保礪菴毛公湖東費公合館閣諸君子詠歌盛美以爲公壽而退冕爲之序冕於公無能爲役辱公教愛最深且久濫竽內閣幸朝夕從公後見公愛君憂國之誠惟日不足不異饑

渴之於食飲因謹述上之所以待公與公之所以得
於上類非偶然者以爲天下告上方宵旰孜孜勵精
圖治惟公者艾名德是信是咨公固殫心思畢智慮
罔敢少自暇逸求以仰稱當宁倚毗之重務有以潤
澤生民扶植善類以副四海顒治之心惟我皇明運
祚將益壽於億萬載而無窮則公之令名亦當與之
同壽於無窮矣豈獨壽公之身至於耄與期頤如召
畢之在周文富之在宋而已哉遂不揣庸陋輒書鄙
言用爲群玉先驅云

慶地官郎中雷公壽六十一序

地官郎中東齋雷公既謝事之六年爲正德己巳上溯其始生之歲正統己巳壽登六十有一門下士若左士儀輩莫不爲公喜競圖所以壽公者先是公之子以時膺薦爲宗藩引禮舍人其拜命在京同鄉諸朝士及公門人杜侍御昌皆以公昔在兩京郎署間有能詩名且其性雅好詩各爲詩授以時俾持歸以爲公壽以時既歸拜膝下首以諸公之詩獻公且展且誦喜溢顔面間皐白自浮頽然欣適有不知夕陽之在山矣士儀輩聞之以謂公門下士遠在萬里外

如杜侍御者倘寓詩以爲公壽況近而親侍几席旦暮無間者可默默而已乎相率屬予代之言以壽公雷氏爲吾全文獻舊家吾全士之仕於朝者兄弟相繼爲通政則有陳氏祖孫相繼爲司務則有雷氏鄉人皆傒談之以爲一郡盛事蓋公之大父驥翁在宣德間嘗司務於兵部而公之初官實能遠繩祖武故鄉人云然公與二陳先生年相若而公壽獨高其仕也亦嘗聯班玉筍不相先後而公獨未老而歸優游林壑之日居多謂非天佚公以老不可也初公在學校時與二陳先生及予伯兄今湖廣憲副梅軒先生

齊名識者皆以甲科期之已而先後舉於鄉二陳先
生及予伯兄尋相繼登第獨公阻於家艱弗克展厥
素蘊不得已俯就銓試太宰三原王端毅公少keep
明揚文懿公得其文皆大驚異遂擢居第一其次公
者則羊城鄺君亦吾二廣人也端毅顧謂文懿曰二
廣遠方乃有人才如此今日之試江浙閩楚諸名藩
之士亦不謂少顧皆遠夫不能及何哉明日文懿入
館閣兼總史事以告其同事瓊山邱文莊公相與稱
歎久之且賀吾二廣鄉後進之皆有人也又以予遣
屬館下且於公爲同郡亦因以告予以示奬進之意

焉公由是遂入戸部爲司務旣數年改刑部未幾陞員外郎於南京戸部尋晉郎中兩受誥勅貤封二親及其配久之始飄然而歸向使公一蹴而登甲科其所遭逢敭歷亦安能過此失於彼而此得焉殆必有所以爲之乘除者詎可謂偶然也盖公昔之仕也修於己而得於人旣足致榮於一時今之歸也得於天以佚其老將不享壽於無已乎自兹以往吾知身其康強而年齡益永在理有必至者亦奚俟夫予言之賛哉敢以是授士儀輩俾獻諸壽筵公初度辰在十一月廿五至其日予亦將藉是以厠賀賓之末云

慶陳母唐孺人壽序

鄉進士陳商卿與其弟進士朱卿將自京師歸覲其母於湘源過予請曰吾母太孺人以歲甲戌生十干十二支相配一周而又過一年今則歲行又在戍矣吾鄉所謂逢年者是也吾母之生朝在二月二日吾兄弟會試之期亦在是月先是吾兄弟私相謂曰吾鄉之俗凡爲人子者一遇其父母之逢年也雖遠在數千里外亦必先期而歸以爲其父母壽今吾母之壽辰伊邇吾兄弟顧可舍之而遠去乎因欲留居於家以待吾母生朝躬捧觴膝下以奉一日之歡吾母

知吾兄弟之有此意也呼傳與儞而告之曰二子來前吾將語爾爾知君子之所以壽其親與世俗之所以壽其親者異乎爾不聞古人所謂立身揚名以顯父母爲孝之大邪且爾之先世爾高爾曾爾祖爾父曁爾伯父爾從伯父其所以植爾門戶者何如今去之未二十年詩書之相禪簪笏之相繼今日視前日果如何哉爾兄弟不思乘時奮勵以赴千載功名之會乃欲留戀階戺間隨俗具杯盤會姻族爲足以壽其親也耶爾不憶爾父平生之志乎爾父雖官郡大夫猶以不得登名甲榜以繼美祖武聯芳鴈行爲念

爾兄弟乃不能續成父志而顧拘拘欲爲吾壽是尙爲知所輕重也乎爾其速行矣此吾母之訓也傅與僩不敢違用是偕來就試於禮部而僩偶爾幸竊一第今雖歸拜吾母然去吾母之壽辰則旣遠矣終不能如吾鄉人之及期以壽其親也傅與僩之心葢有不能釋然於此者敢丐一言歸獻吾母以白此意予曰子之兄弟何歉於是哉子之母太孺人不云乎君子之壽其親固異於世俗之壽其親者矣使子之兄弟必欲求如吾鄉俗之及期稱壽而留滯家園則宋鄉今日安能進對大廷俾二親之名聯書於恩榮之

錄以傳播四方也今旣獲榮名又遂歸願不惟有以成父志悅母心而父母之名亦由是而顯君子之所以壽其親孰大於是彼世俗之所謂壽固在所不必言矣而又何歎乎況宋卿妙齡美質志趣冲遠而商卿又種學績文日大以肆信乎一第非難取者使由是而益勉焉則世德益光家聲益振雖欲爲歐陽文忠而致其母鄭夫人之壽欲爲蔡端明而致其母盧夫人之壽亦無不可者在子之兄弟自力何如耳予旣以是告商卿兄弟遂書之俾持歸以爲太孺人壽云太孺人姓唐氏出吾湘源鉅族爲郴州守德盛先

生之子既歸於同知思明府事仲和君逮事其舅封侍郎冰月先生暨其姑蔣淑人能恪執婦道思明之兄節齋司空與從兄垣齋都憲於宗黨間毎毎舉太孺人之賢以勵之故思明之没既久而商卿兄弟皆能卓然有立太孺人之教誠有不可誣焉者矣予交思明在髫齓時況亡室宜人於思明爲從妹而從子履坦又婿於太孺人以是知太孺人之賢爲悉履坦候商卿兄弟歸而稱壽之日其往再拜敬爲我致意焉

重刻蔣文定公湘皋集卷之十七終

一園俞當藹校字

重刻蔣文定公湘臯集卷之十八

清湘後學俞廷舉重編
闔邑紳士　同刊

記

浩然齋記

余以浩然名其所寓之齋有見稱者曰黌宮辟雍子之所履歷也金門玉陛子之所瞻望也鴻儒碩彥子之所師友也古文奧義子之所紬繹也矧嘗發解鄉闈歷政內朝齒纔踰於弱冠名已注於選部駸駸乎仕進之途占甲科而登要津可跂足竢耳寧能不浩

然乎嗚呼將得志而曰浩然此亦人之至情也有見
笑者曰方聖神在御之時彼獨甘於布衣方才俊登
庸之秋彼獨溷於逆旅方爭先占魁之際彼獨三黜
禮部方人子榮親之日彼獨未得祿養衆皆趨之彼
獨避之衆皆嚮之彼獨背之舉世之言聰明才辯者
莫不皆以彼爲愚也且彼父蚤棄背母多疾疢兄弟
各天而長作池塘之夢家林何處而漫興桑梓之懷
娶妻甫一祀而遽南北之相違生男已三霜而尚父
子之未識歲苦耳目之疾身兼僮僕之勞彼蓋欲仕
而無由求歸而未得顧廼勇不狥俗動輒稽古窮日

盡明忘寢與食夏焉而聚車胤之螢冬焉而鑿匡衡之壁弊精神於斷簡腐唇舌於陳編其用心可謂勞矣其爲計可謂左矣方僑居寄食旦夕周旋之不暇尚何浩然之云乎嗚呼處貧窶而不羞猶謬謬然曰浩然浩然多見其不知量也有聞二人之言而辯之者曰斯人之居京華也左圖右書朝經暮史浸淫乎道藝之淵弋獵乎詩書之林辯是非於朱紫疑似之間析義理於毫釐絲忽之微權貴之門歛足而不往勢利之事絕口而不談囊無百錢身無完衣而泰然安之不見其有不豫之色彼豈以富貴移其心空乏

挫其氣哉形迹兩忘得喪若一不有合於俗必有合於道不有契於人必有契於天斯人其殆尚友一世而遊心千古者乎嗚呼繁華富盛志滿意得衆人固自以爲浩然矣然人得而予奪之仁義道德不厭不悶君子之浩然抑孰得而損益之哉與其得於外孰若無失於其內與其榮於躬孰若無辱於其心蓬門甕牖廣居之安也蔬食豆羹肉食之美也青袍皂絛未必不如朱衣金帶之華布被葦席未必不如錦衾繡褥之煖如此而隱如此而仕如此而壯如此而老升之爲雲則澤流於八埏沉之爲淵則液潤乎千里

用明以燭暗不迷於暗體堅以處柔不牽於柔波騰浪沸舟飄檣折而魚龍恒居其宅河斜斗轉風凄露冽而星辰不失其躔斯人之浩然者固如是此其爲心蓋必有得於天出乎人契性命之妙通古今之變者其視飄飄媚學紛紛務名之徒競尺寸於鉛華較錙銖於翰墨者果孰爲多哉二人之言又曷足以窺其涯涘耶或者備述三人之言來告余應之曰汲汲於富貴固非余之所忍爲戚戚於貧賤亦非余之所肯爲而妄援古之君子以自處又豈余之所敢爲哉視空中之花而索其香見鏡中之影而求其形何翅

扣槃捫燭之見三人之言殆類是爾雖其言之淺深識之高下情之厚薄負乎其不同要之皆不識余意之所在也余之寓是齋也藏於斯修於斯游息於斯聞人言亦言聞人笑亦笑夙焉人皆興余亦從而興夜焉人皆寐余亦從而寐人皆挾册呻吟余亦挾册呻吟人皆執簡呫嗶余亦執簡呫嗶動靜不求異於人語默不求異於人頫仰之間但見鳶自飛也魚自躍也尺蠖自屈伸也天自高而地自厚也余之必果浩然乎不得而知也果不浩然乎亦不得而知也蓋余非眞能浩然者也求浩然而不得其浩然者也造

物者肯終以此畀之於余而不余吝否耶不敢必也
偶讀孟氏書至浩然之語若深有契於余心者因取
以名齋余之意蓋如此而已耳非有他也或者聞余
言唯唯而退遂記其相與述答之語於壁

小水十景圖記

渝北有勝地曰小水體齋傅先生世居焉居之前爲月池池南爲垣垣之東爲門出門而望環其居若山若水若田巷若亭祠皆極勝其山則尖岡在其南圓秀如卓筆然大嶺障其北聳拔而拱抱如樹屏然龍王嶺峙其西北曉晴日未高嵐氣氤氳倏飛忽下如潑黛然其水則西有虎溪石橋横亘其間衆流皆出橋下方春漲一碧彌望虎溪龍嶺間有黄塘方廣可數十畝舊廢爲田秋成時禾稼蔽野循虎溪南行又折而東有灌水寨洌紡農傅氏五世祖範銅爲巨釜

覆之至今流涓涓成渠其巷有梛春暮鶯鳴其上聽之令人心凝形釋萬慮皆忘其田有池池有荷入夏花盛開白鷺翔集宛然若圖畫其亭在門左傍有古樹葢數百年物也祠在龍嶺南舊傳爲漢張衡相公祠鐘聲遠聞可以警昏曉皆一方之勝也初先生家食時藏修之暇輒容與乎溪山雲物之間心甚樂之既而登甲科官詞垣致位上卿而專斯文之任日侍講筵獲以其家傳師古憲天之學從容啟沃聖天子每虛心嘉納所以體貌之者甚厚鹽梅之和龔舟楫之濟川先生家亦自有故事在非不知人望攸歸而

九重之將不我釋也方夙夜圖維之不暇宜無暇乎平昔某邱某水之懷矣顧不忘商巖屢形寤寐爰命畫史取小水十景繪圖寓目以寄遐思自古高識偉度之君子不以豐約異志類如此先生有好古博雅之弟曰會以經術踵武於朝其寤寐桑梓之懷與先生無異金川玉笥之間兄弟聯芳如二劉三孔其流風餘韻去今未遠而先生兄弟起而繼之先生視五賢雖晚出而文章節行與之齊驅爭先於異代詎非山川靈秀之所鍾歟嗟乎自有天地即有山川其閱人多矣苟非鍾靈孕秀而賢傑產焉雖有名勝終亦

湮沒無聞爾小水圖瀹之奥區然更歷千百年未聞其有所遇也今何幸得先生産於其間藻飾而侈大之一邱一壑一草一木雖千載之下亦當有輝光其所得葢多矣冕竊第入讀中秘書受教於先生館下間因請業獲觀此圖敢告先生請書前言以賀茲地江山之幸遇

府江三城記

灕水自興安海陽山分流而南經桂及昭會癸水荔水及他諸小水趨梧州曰府江梧有總府而桂則廣西三司之治所在焉自桂之梧未有不經府江者其江之流洄洑湍激亂石橫波兩岸之山皆壁立如削而林箐幽阻為猺人所居據險伺隙以事剽刧官舟商舶往來為所患苦蓋非一日其間最為要害之地曰廣運曰足灘曰昭平上下百餘里自昔立為三堡戍以兩廣之兵合千餘人然守無城垣居無屋宇披草茅樹竹木以為營名雖曰營而實上漏旁穿坐卧

無所一遇炎風寒雨軍士不免仍棲息舟巾嵐瘴鬱蒸病死相枕其幸存者精鋭之氣銷耗且盡且夕惴惴焉恐寇盜掩擊之不暇其孰能揚臂鼓勇以當賊鋒哉先是兵備副使餘干張君吉議城三堡白其事於前總督右都御史華容劉公方始事於廣運僅完外城而張君擢憲使去未幾莆田鄭君岳以按察副使繼爲兵備僉前功未究思緒而成之正德二年丁卯今南京户部尚書應城陳公適以左都御史來總督軍務君具以其事白之公慨然報可尋有𣈆慶之師公由梧至昭溯府江而上歷觀前所云要害處指

授方略令亟爲之君乃以其年冬城足灘廣袤百餘丈高二尋爲門三爲樓五爲屋於城中者五十楹以處將吏士兵明年戊辰冬城廣運繼城昭平廣運則因其舊而加甃砌焉爲門一爲樓二爲舖四爲屋如足灘之數昭平西岍有廢城一區成化中總督桂陽朱公所築後陷於寇榛莽叢生狐兎所嗥豺狼所宅將營新城其父老進而言曰城之規制請廣之使兵與民並處而移廢城舊甓以助費君乃度東岸亢爽之處爲城一百八十餘丈爲門二爲樓八爲屋七十楹移驛舍巡司於城内虚其地三之二以爲民居而

於三城之外皆環以壕塹其深與廣俱十餘尺豎旗標於方隅嚴鉦鼓於旦暮凡攻守之具無一而不給焉總其費磚以萬計者一百七十有奇瓦半之木與石視磚稍十之九用銀以兩計一千五百有奇然皆出於公帑未嘗濫徵一錢其力則取於輪戍之兵及所居之民未嘗他役一夫規畫考校極其纖悉無欺蔽浮冗之費既落成形勢壯偉規制完整屹爲一方巨鎮君以書來屬予記其事竊嘗嘅夫府江之寇巢穴深阻出没無時臨之以大兵則禽奔而獸逸殄滅未盡遺種復熾肆常時防禦不能一日去兵而所以

爲守之之具者尤不可以無備顧兹三堡因陋就簡於數百年之間一旦舉而城之其爲一方永久之利未可以一二計也使非陳公好謀能斷長顧却慮知人善任不爲疑阻則鄭君雖負籌邊長算安能展布四體無少顧忌共成保障之功哉陳公名金字汝礪有文武長材豁達闓爽經略疆圉惟日不足其勳庸政蹟遺於兩廣者甚多此特其一事耳鄭君字汝華文名政譽著聞於時其兵備府江也凡可以捍夷寇而衛生靈莫不盡心力爲之事得牽聯書予諾之未遑執筆已而鄭君亦擢憲使以去予同年友平樂知

府安仁官侯昶累書來速記且亟稱公及君保障之功赫赫在一方不可以無述遂叙次其始末以告後之人公旣膺召赴留都君亦不日推擇入朝他時合并班行尚以其所以慮一方者爲天下慮于庶幾獲見之於未甚衰老之日哉

開建十八寨守禦千戶所記

正德十五年雲南廣西府十八寨夷寇作亂廵撫都御史何公孟春與廵按陳御史察合謀請兵往討於是廵撫又請於朝曰十八寨崇岡峻嶺實惟要害之區諸夷雜種不可盡約以法百餘年來依憑險阻滋爲民害今旣虛其地若復委以居夷異日之患其將復萌臣嘗令所司檢勘得村名召白者川原廣衍陵麓縈廻草木茂而土泉美宜建一千戶所以控制之庶幾善後之圖所之官軍卽以六凉衛後所八百一十九人移置之亦足以守矣無事他圖也奏入報可

且賜名十八寨守禦千戶所時嘉靖元年六月也會
何公以少宰召入京都御史王公啟來繼巡撫之曰
茲舉盖所謂一勞而永佚者也况何公計畫已詳予
可弗究厥終以謀於鎮守杜太監唐黔國沐公紹勳
廵按傅御史桂皆曰是不可緩遂檄陳叅議卿徧度
田賦王副使忠專涖興作量事期會材費計工程卜
時日百爾咸具王公又親為指授而時慰勞之凡為
城垣延袤四千尺崇二十有五尺厚四十尺城四向
有樓城守卒舍三十有九城之中為千百所治有堂
有廡有幕廳有東庫有西庫以及鎮撫司圜扉之室

片屋七十有八爲藩臬分司凡屋二十有八爲戎器局爲軍營房爲屯倉凡屋八百三十有六爲演武場一區皆堅固完密可經久遠工始於嘉靖元年十月而以二年五月告成王公與予同年登第相知爲深以屬黄布政夷遣使來請記曰茲實一方大計願有言以垂不朽予觀春秋凡用民必書其不時且害義者則加譏貶以著其非以見民力所當重而用之者必其不得已焉而後可也是役乃爲備患安民而舉庶幾所謂説以先民者揆諸春秋之義不知果將何以書之乎我國家創制立法纖悉備具治體尚安静

不欲輕有增易以重煩吾民維是滇南政務二公岀其學識才猷或籌策於其始或周旋於其後皆是以稱朝廷委重柔遠之意故有所建白輒以聽之而果能著其績用以惠利一方焉此一事也可以例其餘矣雖然予聞之城郭甲兵先王所不能廢而其恃以爲存者則不在此故曰守在四夷又曰爲政在人繼自今涖茲土者尚思所以綏懷懾伏以堅其歸附之志而杜其蘖芽之萌是惟此邦之慶若曰是足以備禦矣而遂懈弛以養亂二公先事豫防之意果若是乎故因記茲役而并言之以貽後之君子俾毋忽焉

延桂樓記

瓊山岑德充歲乙卯薦名鄉書歸自羊城其所居篤慶堂後有樓適成賀客塡門蓋自郡守貳以下皆在德充燕之樓上且因以落其成樓未有名客或大書延桂二語賀德充又用以期德充之子衆咸稱善遂以名其樓蓋當是時郄林一枝已在吾德充手中而燕竇之丹苞德馨而先衆芳者乃郎出也實予先師瓊臺先生宅相穎異不凡宛然外家風韻客是以云也燕既數年而二語揭樓中朝夕固無恙顧未有爲記其事者今年德充來試春官間以語予因屬予記

亭曰德充今者子之所擢不過鄉闈之桂而已子之
容見子能擢之尚且欲子延之於子况所得者將有
什伯千萬於此者乎果能得之則其所延者又當何
如也邪子今將由鄉闈而捷春官則春官固自有春
官之桂也其所得蓋有進乎鄉闈者矣杜少陵不云
乎禮闈曾擢桂又將由春官而對大廷則大廷亦自
有大廷之桂也其所得蓋又有進乎春官者矣宋昭
陵不云乎仙籍桂香浮斯二桂者子盍亦延之延之
而俾一旦得之於已則今之所得視昔之所得其大
小輕重又豈可同日語哉蓋延有二義有延待之延

若所謂延而得之於已者是已有延納之延若所謂延而傳之於子者是已不先得之於已而遽欲傳之於子是桂也吾未見子之能延矣然予於此又有進焉桂之在大廷中者其色有三上焉者其色紅次焉者其色黃又其次焉者其色白故昔人以狀元榜眼探花郞三魁分配三色予果得魁大廷則吾又不知桂之紅者在所擢乎抑桂之黃者白者在所擢乎是三桂者均不易擢而欲擢之則亦必思所以延之延之以何曰學而已德充之學固予之所畏又處瓊臺先生貳室最久淵源所漸自當不在人後況嶺南文

運今非昔比德充茲雖覊蹄暫蹶然三年之期轉盼即至槐黄過目必不肯甘於自棄今歸而登茲樓藏於斯修於斯息游於斯黄卷中日與聖賢相對元龍百尺其高亦未必勝此瑣瑣餘子求田問舍者自當卧之於其下或問德充新榜大魁南海倫伯疇德充慎勿過爲遜避其必應之曰待我明年輸此君一籌樓成之後五年是爲宏治己未歲七月既望記

靜學齋記

晃髫齔時即有志於學然日處於塵寰之中思處窮山深谷以杜絶人事而大肆力焉不可得也是以於聖賢身心體認之實茫乎未能知而得之歲丁酉領薦來京師拜大司成先生於館下學既有日先生因呼晃而告之曰小子知夫聖賢之學乎所謂聖賢之學無他焉心而已矣其所以求心之要亦無他焉曰靜而已矣靜以學焉學以求諸心而無所放焉學之道得矣今夫靜者非處夫窮山深谷者也非杜絶人事而不與之交接者也使必處窮山深谷杜絶人事

而後學焉則遍都大道之中無一日可學也無一人能學也則學終不可爲哉是故學不在外而在內靜不以境而以心心在乎內則雖日處塵寰可也雖日接人事可也由是於凡易書詩春秋禮樂之經左氏公穀孔鄭諸子之傳濂洛關建諸儒之書遷固而降以及勝國之史董賈韓柳歐蘇而降以及夫當代名人才士之文皆於是乎含其英而咀其華大肆其力焉凡夫所謂身心體認之實者使皆有以得之如此則聖賢之學在是矣小子勉之晃退而識之而向者之思皆渙然冰釋矣因謂先生之言皆晃之藥也遂

摘其中靜學二言而求善書者大書揭於進修之齋以自勉

廣西貢院修拓記

仰惟我太祖高皇帝膺天眷命統馭萬方之初卽詔天下設科取士所在藩服建貢院以爲試士之所廣西去京師雖遠貢院在洪武初已因唐宋之舊而修治之唐宋禮部及諸州貢院其建置皆在中葉以後唐禮部貢院蓋尚書省前一坊別有一院四方貢舉畢會於此遂因以試士自開元中始宋之貢院廢置不常自崇寧至政和間中州外郡始咸有之未有開創之初卽能敦崇化原留意斯事如我皇明者聖聖相承法制益備而人才遂至於不可勝用於戲盛哉

廣西貢院自國初至今百五十餘年凡三遷其在城西捲仙門者唐宋來已然洪武初始遷於武勝門馬王閣南天順間又遷於新西門內臨桂縣治西北則今地是也雖規制視前二處不同而終以卑溼隘陋爲病監察御史謝公汝儀按治之明年是爲嘉靖乙酉適當開科取士之歲周覽徘徊慨然咨嗟力圖恢拓左布政使彭公夔欣然任其事與右布政使傅公習左參政胡公忠右參政胡公堯元黄公芳按察使余公祐副使楊公必進廖公紀僉事楊公鳳張公邦信唐公冑申公惠議皆克合爰市民居暨宗室園圃

約袤二千餘尋廣視袤增三之一監臨有堂考校有室雖間仍其舊而侖奐堅美與創始同自堂至庭自庭至門自門至於通衢黝堊陶甓次第一新庭中有樓扁以明遠而門於其南則揭桂香扁焉展試士之舍至千五百間而其旁餘地尚倍於此以待後來試士浟增亦無不可容者徙儀門於舊大街之西門內左右創應奎起鳳二樓外爲大門其南正中及街之東西樹綽楔者三中曰天開文運東曰明經取士西曰薦賢爲國山峙翬飛見者嘖嘖歎美下至庖厨井湢道路垣墉與夫宿吏卒之所養牲之房經畫布置

舉愜衆望吾藩自有貢院以來未有規制宏遠如今日者工既訖功彭公書來屬予記傅公又屢書來促予聞古者射宮澤宮皆用以擇士禮不云乎諸侯歲獻貢士於天子天子試之於射宮然未有不先試於澤宮而能與試於射宮者則唐宋以來在外諸州郡與今日各藩服之貢院大抵皆澤宮也澤宮疏禮者謂所在未詳蓋於寬閒之處近水澤爲之今茲貢院脫卑隘而就高明非所謂寬閒之處邪夫試士之地尚增拓其規橅修飾其室宇必惟脫卑隘就高明是事顧士之於學寧可不知觀感奮發求造高大光明

之域以與之稱而可以或苟邪公私義利之間正士之所宜致愼而不可以苟焉者公而義焉惟道誼是崇惟名節是勵則日進於高明矣私而利焉惟權勢是趨惟貨利是尚則日流於卑汙矣明以別其是非勇以決其取舍在士之自處何如耳吾藩之士由兹科試進對大廷他時列職中外隨所器使務皆卓然有立以求仰答朝廷教育作成之深恩有司風厲登進之盛意然後爲無負也謝公持憲嚴明奸墨望風畏避按治未數月深山窮谷蠻烟瘴雨人跡罕到之處無不遍歷所至汲汲以洗冤澤物殄寇安民爲務

方觸冒炎熇而歸席未暇煖又能成此盛舉祇承德意以隆化本且事與禮合彭公協志并力爲是鉅役而勞費不及於民皆不可以不書余公旣陞任去而盧公宅仁來爲按察使適謝公監臨試事盧公暨彭黄廖三公寔同事於院防範之嚴去取之公謝公蓋不遺餘力而四公亦罔不旣厥心焉是亦不可不書右布政使鄭公錫文副使王公顯高右叅議鄒公鋭先後繼至咸欣覩其成也法宜牵聯書遂不辭而爲之記

先世譜系記

嗚呼惟我蔣氏居於全盖不知幾十百年於茲矣全在古爲洮陽地隋改洮陽爲湘源五代馬希萼革湘源縣置全州宋元暨國朝皆因之自漢以來隷零陵元置路國初置府洪武九年仍改爲州二十八年始隷廣西之桂林府吾宗世居全之城東合江門內善果寺後左福惠堂東相傳出自漢大司馬琬之裔由十一世以上世遠代移譜乘失傳莫究其詳十世祖諱克泰以字行爲府參軍行三九世祖有爲承信者行四有爲判寨者行十一有爲縣尹者行十二八世

祖亦爲縣尹行五兩世四祖皆失其諱字五縣尹公生諱子芳公亦爲縣尹生二子長諱長卿爲提舉次諱榮卿爲府掾提舉公生六子志謙志和志祥志道志禮志琳其後子孫隸於戎籍有孫一人曰四叔不知出於何人四叔死田宅悉沒入官其籍始除府掾公生二子長諱志敏次諱志學志敏公生一子諱貫甫數歲公出爲省掾以公務沒於外志學公無子因撫育之如其所生洪武癸酉中湖廣鄉試入太學選授刑部河南清吏司主事陞員外郎卒於任娶蒙氏生三子長諱安字舜珪晃之大父也次諱議攺諱瓊

字舜瑛次諱銘字舜琪舜珪公娶唐氏無子繼滕氏生三子長諱艮字希玉行二正統丁卯領廣西鄉薦拜雲南臨安府河西縣知縣終廣東都司副斷事居母憂卒於家冕之父也次諱文字希章行三次諱仝字希禮行五舜瑛公娶趙氏生二子長諱輔字希佐行六次諱弼字希忠行七舜琪公娶羅氏生一子諱紀字希嚴行四斷事公娶郭氏生一子昪次冕次旱陳氏所出希章公娶袁氏生昱希禮公娶周氏生昪希佐公娶馬氏無子希忠公兩娶唐氏又繼孫氏生一子星希嚴公生昺昪字誠之行二娶楊氏生履端

履長又娶于氏生履坦出爲冕後冕字敬之行五娶陳氏繼亦陳氏生履仁字正之行六娶謝氏繼張氏無子昱字昭之行四娶唐氏生履春昇行三娶黃氏無子客死於蒼梧舟中昺字顯之行一娶唐氏無子惟我蔣氏之先在前代雖不甚顯然世惇禮義而業詩書登名仕版者累累有焉入國朝百餘年來我曾大父員外府君益嗣承而光大之我祖我父敬以守之不敢失墜繼自今凡我兄若弟曁我兄弟之子若孫若曾若元若雲晜其可不知所以自勉以欽承先德於無窮哉十世孫冕百拜謹記

重刻蔣文定公湘皋集卷之十八終

一園俞當藹校字

湘皋集
卷十九至廿一

重刻蔣文定公湘皋集卷之十九

清湘後學俞廷舉重編
闔邑紳士　同刊

記

日新齋記 初入翰林內閣月試所作

蓋嘗察於天之運矣一晝一夜行九十餘萬里而一周明日又然而無日不然者以其健也易曰君子以自彊不息蓋法天之健以日新其德也古之聖賢未有不務乎此者故成湯之自警也有日新之銘伊尹之告太甲也有日新之訓而孔子之繫易也亦有日

新之說焉蓋天以一理賦於人人得之以爲德聖人之德則不待於新而自無不新賢人之德則不能不待於新及其新之至也亦可以無愧於聖人之德之新若夫衆人去聖賢遠矣必勉強而日新之然後其德亦日以新焉有是德也而不知所以新之雖知新矣而不能日新焉吾見其善日以消惡日以長終於小人之歸而已矣嗟乎心之有德猶身之有面首之有髮口之有齒也身有面欲其潔也日日頮之首有髮欲其淨也日日沐之口有齒欲其白也日日漱之面焉不頮則日垢矣然雖垢而於面無傷也髮焉不

沐則日膩矣然雖膩而於髮無損也齒焉不漱則日黑矣然雖黑而於齒無害也人雖知垢之無傷於面膩之無損於髮黑之無害於齒也而必日日類之日日沐之日日漱之至於德焉而不新必終爲小人之歸雖或知之乃不思所以日新焉可不可乎予素有志於新德而日作日輟懼巳之終歸於小人也嘗作小齋於所居隙地因以日新名之又念夫齋之爲義蓋謂夫閒居以養其德若於此而齋戒者也爰書此置之壁間當夫齋戒養德之際朝夕觀省庶乎日有所益焉

白沙江廣濟橋記

全州城西五十里有橋曰廣濟其名載在宋嘉定間所修清湘志中一曰白沙則因其地而名之也白沙之水其源出桐油山東北行四五里與廟山口之水合其流始大又二里至白沙有山隱起坡陀橫亘水爲山所截析而爲三其一支環山東折經山麓之北而復東行南則白沙郵舍在焉今制所謂舖也其一支北行百餘步亦折而東又一支北行三四十步郎東行與前二水合流入於湘江環山東折者兩岸相距百三十尺舊有大橋其北行亦折而東者濶僅踰

四壽舊亦有小橋其最北一支澗不踰丈舊有橋尤小三橋皆當孔道使軺驛騶公役私幹北南絡繹罔間晝夜秋冬水涸褰裳可涉春夏霖潦渚涘之間牛馬莫辨始焉架木為梁後乃易之以石後又疊石水中為券洞以行水而暴漲猝至奔突齧射勢若摧山橋輒圮壞當其圮時或無舟以渡則厲深者往往覆溺相繼橋圮輒修既成復圮近橋數里之民歲修月葺富者疲於財貧者疲於力蓋不知其幾何年矣上之人軫念民病者未嘗不以為當務之急然可為不為付之太息而止者多矣乃嘉靖改元之三年廣西

按察副使楊君必進分憲桂林行部莅全道經白沙睹橋廢址喟然興嘅顧謂同知張華曰此橋當四通八達之衝今既圮壞何可不修昔周單襄公聘楚過陳見陳川澤無陂梁知其必不能為國是橋不修則全何以為州乎況歲事既登非時紬而舉贏者也吾其可以少緩乃出贖刑白金之貯公帑者充傭工購材之費華遂躬往規畫簡需次典膳江楩廖澄趙希尹司財貨之出入而董其役以是歲九月肇工為石隄於橋之兩旁中為石墩一釃水為二道架巨木為梁而屋其上為間者二十有四樹綽楔於兩隄仍以

廣濟扁之存古也鋪前別有一橋甚狹而卑其北岸直抵大橋西隄拓而增之其修與崇倍加於舊中小橋亦架木隄上而梁之屋於梁上其隄暨屋視大橋皆殺四之三費則希尹獨任之以家近於橋故也始事未踰月洮知州尙經莅任臨視勸相之餘顧瞻最北小橋亂石縱橫指授工徒並手偕作明年七月諸橋次第告成同知李三典膳來求予記予嘗觀於天下事與時每不相值或可爲而不屑於爲或欲爲而不逮於爲雖小節細務吾未見其能有成也況事之大焉者乎觀於一橋之修否而其餘皆可以槩推之

矣使凡爲民上者力足以能爲時可以有爲爾心在於民無難無易而必爲之以惠利吾民如是橋之修也則凡民所欲爲而理所當爲之事莫不審時度力而爲之惟恐或後其爲惠也豈特一橋之利而已哉予嘉斯橋之有利於吾民也欲記之以示來者俾知憲副君暨吾全守貳經理之勤相與保其成於不壞而老病因循久之未果橋成之明年憲副君致仕去又明年同知以薦陞田州府通判將去乃記之俾鑱於石

飛鸞橋修造記

水行地中如血脈之在人身無處無之然人之往來於四方而水不能爲之阻者隨流上下則有舟楫焉截流橫過則有橋梁焉平險阻以濟不通非以財成輔相之功用有以助造化之所不及者邪全之爲州東北接永北跨東安東控灌陽西南經全義以達於桂其間輿梁徒杠不下數十惟飛鸞最爲要衝飛鸞在城西五里許羅江會郡西山谷諸水東北行至此橫亘於道舊爲洪巖渡方氣升水漲檥舟而渡者踰時始獲抵岸翔橋跨水上以永利濟不知始於何時

或謂縣尹唐遇唐尹亦不知爲何代人然宋之縣志橋名首列飛鸞則唐尹當是宋人橋盖剏於宋也自宋歷元至我皇明屢廢屢修方其修也動輒費財至數百金役徒庸至一二歲始克就緒官民胥病盖非一日正德戊寅冬候人不戒於火橋屋千數百椽悉爲煨燼而釃水架木之墩舊日甃石爲之者石亦從而燬且泐矣知州章諍同知張華白於巡按監察御史曹君珪勸募各鄉之饒貲而奮義者修葺復舊嘉靖紀元壬午歲夏五末旬山水暴發頓起數丈巨木叢篁如岡如阜蔽江而下大樹之有條枚者亦源源

而來怒濤迅急益以竹木撞擊不已其勢何啻萬牛競奔墩爲震撼水從罅漏處潄入其中細石沙土蕩去如洗墩既中空四周雖石力豈能支橋於是大壞居者行者相視嗟歎無能爲謀未幾章陞任去知州沈尚經實來繼之視篆之初經行是橋知爲諸路會通之地惕然動念與同知議修復之欲爲一勞永佚之計謂工欲堅久費必倍於往年患費之鉅無所出又以民財既殫勸募之令不可以再行也檢校官帑所積閒右稅田羨銀在官在民者計足以蔵事具以白於巡撫右都御史姚公鏌暨巡按監察御史謝君

汝儀皆報如其請藩臬二司諸君及按察副使楊君必進廖君紀先後分憲於桂咸聞而是之令次第下於州守貳協心祗承同任其事以嘉靖四年乙酉九月二日命工伐石於山取石之大且堅者累而爲墩其數凡六比舊增其二砌墩之石非鎚鑿加精整然如削者不用彼此相函犬牙盤互由中達外無少罅隙石工有惰而狡者欲仍襲故智僅取苟完守貳察知之痛懲以警衆凡細石沙土非惟不必用亦不能用矣既懲於昔不得不思以救之於今且以示於後也橋之役惟墩最艱其次爲兩隄南北對峙北隄正

當暴漲衝突處既拓既增其崇與廣皆加於昔隄西新甃分水堰以殺悍流崇一丈廣三丈南隄水平緩則因其舊而增修焉墩之上架堅木爲梁冒之以板加磚板上中道則以石條壓之梁之上覆以屋四十八間兩隄盡處各爲一門狀如綽楔懸以橋扁兩門皆扃鑰於夜以防火患至晨始啟歲役二隸以專守視橋長四百六十尺其寬二十尺費白金以兩計一千二百六十有奇守貳每旬浹必六七往視指授規畫以督其成而朝夕躬奔走程校之勞則義官袁謨曹文運耆民廖瀾高潤蔣淦也橋成隱然長虹臥波

過其上者如履平地無復墊溺之憂矣六年丁亥四月七日合官寮父老落成之於是守貳暨新任同知游元欽判官羅尙義吏目仇愈偕來請予書其事於石予惟古者辰角見而雨畢則除道天根見而水涸則成梁道路橋梁以時修繕有司之常職耳事有常職無庸書焉可也然嘗竊慨今之爲州縣者凡公家錢貨雖銖兩不得輕用或猝有公務之臨不得巳而用之未免有掣肘之虞吾全守貳如沈張二侯必固協於利民使非總風紀大僚自姚公而下委任之專凡文移申請立爲報可官帑之積可用者任之用之

無遲留焉則又安能成此鉅役哉況究其所以速壞者於既往而圖其所以可久者於方來實吾民所賴以永寧者不可以爲事之常而不書也因爲推本舟楫橋梁之設其功用有以助造化之所不及者而於茲橋昔日廢圮之易今日綜理之周詳悉諄復以告來者俾有所考以圖永利於斯民焉橋成之年七月既望記

灌陽縣遷學記

灌陽有縣自吳始吳旣得蜀零陵等四郡地遂分泉陵等十一縣統於零陵郡而灌陽居其一其詳載於晉書地理志荆州部下灌晉志作觀唐長孫無忌撰隋志其註湘源亦謂有觀水正與晉志相合盖古字通用也灌自置縣至今千有餘年其隷全州爲屬縣自石晉天福初至今垂六百年縣之有學在宋慶歷後桂林府志謂建於隋大業十二年不知何據其始剏於縣治之左崇寧中遷縣治西惠明寺右其後更復不常淳熙十年縣令趙永始卽崇寧故地建置廟

學教授徐元一記之嘉定間全州守蕭一致楊若先後修葺楊守又給田於學以養士學制既備自是士風民俗皆有可觀一時守令作興之功蓋有不可泯者歷元至我皇明廟學皆在城外地既荒僻且規制卑隘無以仰稱累朝興學養賢之盛典又縣之南境與昭州接其吉寧灌合二鄉舊自昭之恭城割而隸灌二鄉旁近恭城之蠻往往來肆剽刼學宮既居城外蠻來輒恣意踐躪殿堂焚圯荆榛彌望過者哂而弗覩乃嘉靖二年癸未廣西按察副使楊君必進行部至灌祇謁先聖畢周覽嘅歎倡議遷復謀於提學

副使李君中且請於巡按監察御史汪君淵議皆克協爰檄知縣周應祿任其事以其年十二月十八日肇工廟自大成殿以至東西兩廡戟門櫺星門學自明倫堂以至左右二齋號房射圃及儒學門與夫庫庾庖湢百爾咸備公館居其左縣治居其右高敞壯偉甲於鄰邑明年四月二十六日周令率師生釋奠於廟以竣事告適予得謝歸教諭黎獻太學生張鑑等詣予請曰願有記也諾之未果作周令又數來速之予聞昔淮夷病杞及鄫而魯爲之懼與學崇化夷患始息故其詩曰既作泮宮淮夷攸服其獻馘獻囚

之在泮且致其懷好音而獻琛於庭詩人頌之吾夫子取焉非無是事而有是詩也今嶺外諸蠻其獰獷狡悍未必過於淮夷而乃憑恃險阻頻年弗靖擾我疆埸戕我黎庶聖天子既先後簡命總理戎務重臣次第草薙而禽獮之區區么麽若灌之邊徼小醜猶癬疥之在手足間耳何敢復伸螳臂以犯雷霆之威哉今日之歌頌聖明視魯人之於僖公蓋不啻逕庭矣興學崇化以息夷患今豈異於古哉灌自肇新學宮以後凡學於斯者宜何如其用力邪孝弟忠信禮義廉耻以修其身頌詩讀書求師取友以窮事物之

理二者交盡一遵子朱子之教出而效用於時則隨所器使盡心職業俾國家生民有所倚賴潛而未用亦必謹言愼行有所不爲使宗族鄰里稱爲一鄉善士或出或處而皆不失乎道義之正士風由是而盛民俗由是而美不但僅有可觀如在宋時而已司憲二三君子所爲惓惓焉求以祗承朝廷興學養賢之盛典意寧有外於此乎予故丁寧以爲爾灌之士告其尙相與勉之以求無負焉可也新學之遷非楊君慨然倡議且計處財費以給之功必不成而終始規畫備殫智慮又力助用度之不足者以迄於成則周

令之力至於朝夕贊相黎諭之勞亦足錄云

拱極樓記

皇帝嗣大歷服九圍敉寧獨廣西邊徼群蠻猶阻聲教今年春桂林近郭數里外群蠻公肆侵擾掠人妻孥焚人廬舍刼人財貨月至四五遠近騷然巡按監察御史石公金切切一方安危之慮謀於左布政使嚴公紘修葺城垣繕利兵甲凡所以爲斯民防禦之具甚悉間巡視至北關外知其地爲近城要害群蠻出入所必由之路築臺於玆建樓其上樓之旁剏造營宇數百楹以居召募死士有所謂打手者籍名於官八百人教肄戎事數日輒一臨閱校其勤惰而施

賞罰焉登樓北望見紅雲紫氣縹緲於天津析木之墟悠然而動遐思仰瞻北極若在咫尺於是肅容整襟拜手稽首言曰茲非吾先聖所謂北辰居其所而衆星共之者乎惟茲北辰爲天樞紐是謂天樞其垣紫微其居太乙泰階文昌參侍左右五緯列宿森布遠邇凡麗天之星孰有不拱天極者乎星之精采雖發於天而體質則具於地所謂在天成象在地成形者是已是故在朝則象官焉朝有一官天有一星也在人則象事焉人有一事天有一星也在野則象物焉野有一物天有一星也凡成形於地成象於天若

官若事若物舉天下皆盡之矣而莫不拱極焉一理之自然者耳其在人也猶其在天也分雖殊而理曷嘗不一也哉惟皇建極位居九五之尊自朝著京國以達於采衛鎮藩自輔弼丞疑以至於府史胥徒雖僻在閭巷畎畝賤在輿臺圉牧遠而至於日域月窟鯨海龍沙殊形詭服鳥言夷面之徒亦莫不梯山航海執琛奉贄重數譯以拱我闕廷合華夏蠻貊而無二致況乎近在藩服之下如蕞爾群蠻者哉彼蠻亦人耳寧不知君臣之義如蜂蟻之微物乎導之而不從諭之而不服不得已而遂至於用兵則以天下之

大臨一隅之小洪爐燎毛髮未足以喻其勢彼徒憑恃穹崖削壁深林邃箐之險以自固而不知鼎魚假息爲日幾何古今名公有事於嶺南而茂著勳績者歷歷在人口耳試畧舉其槩唐自祿山亂後嶺外谿洞夷獠相挻爲寇經略使王翃引兵數千人先後數百戰斬渠首擒夷酋分擣群蠻巢穴而諸州悉平宋狄武襄夜半絶崑崙關破儂智高於歸仁浦斬首數千級生擒賊黨五六百人築京觀於邕州城北隅招復老弱七千餘人嘗爲賊所俘獲者慰遣之而邊民無不安堵本朝韓都憲雍破大藤峽之九層樓與其

阤極險巖寨九百餘處改大藤爲斷藤而流賊畢皆
掃蕩凡此豈徒專事招徠而不施威武以震疊於先
平威震於先以折其獷悍不臣之氣而後德以綏之
則其綏之也固吾於群蠻非不欲震之以威而憫其
蠢爾無知與蚍蜉蝗子無異且慮旌麾所指吾民或
不免橫罹鋒刃之慘況火炎崑岡玉石俱焚自三代
已然茲欲盡驅群蠻以與吾齊老稚齒同爲會極歸
極之民而一矢不以加遺萬里遐荒如在輦轂堅北
面拱辰之心以紓當宁南顧之慮區區一念報國之
忠蓋有在於是盍以拱極名斯樓以著吾志乎嚴公

及布按三司諸公聞其言而善之嚴公憂邊禦寇素與公同志先是承公意出官帑餘貲剏建斯樓而轂在官之工庸之以屬桂林知府華侯愛董其役督率有法民不知勞鞏工於孟春之初越六月訖事至是具書遣都事汪慶舟來湘皋屬予文其事於碑予既老且病言不能文姑次第石公之語以復打手前時散居廛市間猝難呼調及自期集處放歸又於平民不能無擾今萃之樓旁營中不惟無擾平民時或有蠻寇之警命之過其去來可以咄嗟而辦鄰近居民且將賴其庇衞矣管攝之責慶舟實任之樓北十數

步有亭數楹以爲諸司迎候詔勅之所則鎭守太監傅公倫所創傅公謂予記樓碑成當以貯於此亭方樓之建也傅公屢往視之蓋亦嘗聞名樓之議而善之者故樂相其成也其餘諸公與聞樓議始末者具列其職名於碑陰

賜閒堂記

臣冕猥以庸愚荷先帝誤恩擢置内閣與聞機政今上踐阼之初不以臣冕衰劣不職俾仍舊任血指汗顔夙夜戰兢惟弗堪委託是懼仰見聖心惓惓勵精圖治自以力小任重不足以上副淵衷力求解任懇悃累疏始獲俞旨陛辭之日寵賜璽書褒諭過侈加以白金楮幣襲衣之賜且命乘傳南歸又令有司月餽官廩歲給輿隸仍勑吏兵二部會議延賞官一子爲錦衣衛指揮同知臣冕具章丐免復荷温旨褒答不聽其辭恩禮優渥凡在見聞者舉皆欣欣然感激

思奮况臣晃躬自祇承也哉既歸之明年作堂於廳事之前因伏讀璽書至云卿屢託微痾懇求閒適重違雅志特賜允俞乃拜手稽首而颺言曰大哉皇言宜以名吾堂矣遂謹以賜閒二字大書揭諸堂中朝夕仰觀用識感戴不忘之意既數月會明倫大典書成進御仰荷皇上奉天行罰垂戒後世因臣晃輩九人之罪而以差定之雖以晃罪至怙終弗悛尚不忍加之竄殛僅褫其官銜猶令冠帶閒居朝夕省愆罪於荒山野水之濱至仁大德眞與天地覆載同一揆也臣晃果將何以為報哉惟每旦北向焚香恭祝皇

帝聖壽億萬斯年前星蚤耀以慰四海臣民之望時和歲豐兵革不試民生無賢愚莫不安居粒食老子長孫出作入息以無虞而不知誰使之然也雖么麽小子卧病遐僻如臣冕者亦得以優游田里安閒無事日與樵夫牧叟鼓舞歌詠以樂上賜於無窮焉則幸之甚矣或以謂臣爾今日之閒乃聖明宥過而俾之姑就於閒也顧以與爾前日之閒比而同之可乎臣應之曰記不云乎風雨霜露無非教也雨露之於物天固生之風霜之於物天實成之天之成物何嘗異於生物也哉臣前日之得遂夫閒者生物之仁也

今日之得遂夫開者成物之義也天之生成與上之仁義未始不同皇上如天之賜所以覆庇乎愚臣者尙何時而能忘耶臣旣以此答或人之問遂書之以爲記又從而爲之辭曰堂前有山兮門雖設於堂而常不關聖恩優老兮容我日逍遥於其間旣安閒以無事兮寧可不知其所自仰穹昊以祝延聖壽兮終吾身以樂君上之賜

全州修學記

全州古洮陽縣也地當楚粤之衝山水奇秀風氣清淑其學則肇遷於宋中更為元入我皇明以來百四十餘年修葺不常勢漸圮敝正德癸酉姑蘇顧侯自開封守謫知州事既至首謁夫子廟退卽學宫周覽徘徊延見師生知前此學正楊韡嘗脩以學圮宜修事目遍請於撫巡藩憲諸司已皆報可遂卜日釋奠以告於廟庀材鳩工屬吏目邵濂董其役凡殿廡堂齋以及尊經之閣立教之廳與夫庫庾門墉之類或易以梁棟桷榱或加以黝堊丹漆次第修飾無弗完

者又因學後城垣之上有全寧樓故址剏樓三間更名曰翔鳳以學宫在鳳凰山之陽據一郡之勝樓又據學宫之勝無異鳳凰翔於千仞之上也始事於是歲十二月訖工於甲戌七月巍焉煥焉地若改闢侯以予舊學於此其事顛末書來屬予記予喜侯之爲政知所先也諾之不辭因以告於吾全之士曰吾全去九疑甚近南望蒼梧僅數日程帝舜南巡蓋嘗經行其間漸被聲教自虞時已然及子周子挺生濂溪倡明孔孟不傳之絶學以開程朱理學之源吾全於濂溪尤爲密邇不啻曲阜之視滕嶧蓋大聖大賢過

化之近地也爾諸士生長斯地爲一郡秀民而來遊來歌於庠校一新之初豈徒逸居坐食誦說於其間哉夙夜孜孜思所以講明聖賢之學以求無負焉庸非爾諸士之志乎聖賢之學自孟氏沒失其傳也久矣世之學者不溺於訓詁則淪於詞章甚或淫於佛老豈復知有聖賢之學哉吾州方重華旣遠光霽未形之時自柳仲塗來刺郡以古文教學者士知文章之重而已自許待問唐固言先後以進士舉士知科目之榮而已其於聖賢之學槩乎其未之有聞固無足怪今幸際明盛之世聖賢相繼表章六經聖賢之

學燦然大明自宋以來未有過於今日者爾諸士夙
夜孜孜講明聖賢之學茲維其時矣寧可因陋守舊
不思所以自奮哉居則修齊以化導鄉閭出則治平
以利濟民物隨所器使務各盡其所當爲則庠校之
新豈徒爲四方之觀美而已邪昔歐陽文忠公記其
鄉郡吉州新學謂幸予他日歸榮故鄉因得以謁學
宫問民俗頌國家太平詠守長遺愛予於文忠無能
爲役而其心則固無以異也故因記斯學之修輒以
致予惓惓之意且以勵諸士之志侯名璘字華玉別
號東橋高才能文章尤以風節有聞於世今守台州

時望甚屬之斯學之修也始終其事者楊瑋邵濂同知朱富訓導范軾曾綸亦皆能體侯之心効勞於其間法宜書也予故牽聯書之

重刻蔣文定公湘皐集卷之十九終

一圃俞當藹校字

重刻蔣文定公湘皐集卷之二十

清湘後學俞廷舉重編

闔邑紳士同刊

記

全州修學後記

吾全學校在洪武初則知府鄱陽章侯在正統成化中則知州錢塘周侯新安汪侯皆嘗致力雖剏拓葺治其勤勞工費不無小大難易之殊其爲有功一也及顧侯與造後之五年正德戊寅同知隨郡張華先後請於廵按監察御史長樂謝君天錫黃岡曹君珪

修繕大成殿東西兩廡繪飾先聖先賢之像買石增砌殿前露臺左右各加二尋深三十尺高廣始與殿稱已卯曹君璽提學按察副使大庾劉君節又以戟門及學前之步雲橋及橋亭及戟門東北尊經之閣皆日漸頹圮屬知州太湖章諍會計財費修之乃令華董其事而督工在城義官江梗袁謨也工尋告完又市甓以易戟門外土垣左右隨地形高下總三十餘丈又以櫺星中門一梁中斷易以堅石嘉靖甲申章以遷官去普安洸尚經繼來爲守既三年丙戌乃繕明倫堂東西三齋及諸生學舍明年丁亥市步雲

橋南右偏地一片俾廣狹與左相等初櫺星門外惟一小徑以通東西往來其南隙地皆居民園圃室廬鱗次於其上叢篁灌莽薉翳擁塞周侯始以公帑餘貲易之居民最南樹坊牌一所稍北亦如之南則扁以養賢街北則以文運亨嘉扁之又北洿處則架石爲橋即前所謂步雲者蒙翳始剗闢矣然橋南街北西偏稍狹至是廣之然後東西如一截然方正又於櫺星門外兩旁牆垣舊用土築者悉以磚易之先築石爲基上又覆之以瓦東西各三十五丈有奇尊經閣前級磚與石之破缺者判官羅尚義補治之學西

外墉則吏目仇愈嘗督視版築之事工既訖功沈張羅偕來謁予曰前此顧侯修學先生嘗記之矣今亦願有記也遂不愧譾複而爲之記其修葺次第如右使人知前後諸君子皆嘗有功斯學者也嗟夫學校之修廢人才之盛衰世道之隆替繫焉是以識治之君子未嘗不致力於學校然非先後禪續均以人才世道爲心如吾州守貳自章周而下諸君子則何望乎學宮規制一旦增卑爲高闢隘爲廣易腐爲堅飾傳爲新煥然完美如今日庸可不備書之以告後之君子尚其相與繼繼承承於悠久哉

全州名宦鄉賢祠記

宏治中有旨令天下郡邑各建名宦鄉賢祠以爲世勸吾全僻在一隅茫然不知奉行此旨者垂二十年逮正德末廣西按察副使大庾劉君節督學涖全惓惓祗承德意相地於學西稍南爽塏軒豁以竭虔妥靈惟此爲宜也檄知州章諍市材僦匠左右各建祠四楹祠前東西各有夾室其外總爲一門以便守奉左以祀名宦則自宋刺史柳公開而下凡若干人右以祀鄉賢則自宋孝子朱公道誠而下凡若干人名宦以爵鄉賢以齒每歲春秋丁祭後三日州之守貳

率學之師生行禮祠既落成君以書畀判官鄧能秀上京師請記於予且曰走爲此舉其於扶世導民竊有志焉特懲去取或苟甚者上下相蒙是非未必一一盡出於公祀非所宜祀而無以服乎人心則非惟不能勸祗益以致譏焉抑何以仰承德意哉今夫宦於其地而去後見思是之謂名宦生於其鄉而衆共稱賢是之謂鄉賢若文翁之祀於蜀郡朱邑之祀於桐鄉皆名宦也其宦業何如邪凡有道有德教於其鄉者没則祭於瞽宗鄉先生没則祭之於社皆鄉賢也其賢德何如邪名宦如是而祠之則凡仕而居宦

者孰不勸乎鄉賢如是而祠之則先生而居鄉者亦孰不勸乎崇先正以示軌範於後之人禮行於一堂而有以風動乎一郡扶世導民其所關繫非小小也而可以不愼哉予復書曰君之言是也予雖衰耄亦當黽勉執筆以著君志其敢以不文辭書纔達而君以歷任去二祠雖建祀事久猶未舉予尋亦得謝歸督學僉事瓊山唐君胄課士來全銳意緒成劉君之志屬知州沈尚經同知張華因祠之舊稍加修飾乃製神主卜日奉安一切規約悉如劉君舊所定者其神位視舊或不無增損之殊則劉君昔日之書固已

丁寧其說凡主祀事如守貳師儒者誠不可以不慎也守貳師儒慎之於推擇之初去取一無所苟公是公非下不得以蔽乎上則雖子孫自譽其祖父以爲宜在此奉祀之列衆人亦莫不翕然宜之雖欲致議亦孰得而議之此又唐君之切戒也唐君未竟其事亦尋以陞任去久之僉事香山黄君佐以翰林編修來督學政尤孳孳以扶世導民爲已任既表異孝子貞婦之閭而於名宦鄉賢二祠尤致慎而不苟公是公非無少假貸視劉唐二君益加嚴矣嗟乎任承流宣化之責者凡所以扶世牖民以導揚上德豈必家

至而戸牖哉本之教化樹之風聲待其覿之於目而槩之於心殆有惕然於中而不能自已焉者固無事乎緐條格嚴法禁而後人知所勸也予故不得不終記之以表章三君維持世教之盛心知州林元秩祗承規約惴惴焉惟弗愼是懼判官羅尚義學正周倫訓導陳嘉猷盧德章亦無敢不祗且愼事得附書

桂林武學記

武學之設我祖宗朝蓋嘗三致意矣正統壬戌英廟用御史彭勗言設武學於兩京簡素有學識之士爲教授訓導以司教事命五府各衛子弟充武學生武官之幼而有志者亦肄業於學講讀武經討論古今爲將勝敗之蹟而作策以驗其所業又較其馬步射法每月朔兵部卿貳偕京營總兵官詣學考試以稽勤惰天順甲申憲廟命以故太平侯舊第爲京衛武學簡名士閻禹錫爲國子監丞掌學事宏治中孝廟詔天下皆設武學如兩京試策較射亦如之三聖相

繼歷六十餘年而武學始建於各藩逮我武宗暨我
皇上屢詔有司詳議武舉條格而得人益多每試必
有錄傳布遐邇觀錄中姓名兩京武學生與甄拔者
每科常十數人非養之有素何以致此桂林武學肇
建於宏治丁巳再新於正德壬申始則太監張公瑄
副總兵歐公磐其後太監陳公彬巡按監察御史舒
公晟皆嘗致力然因陋就簡僅免頽圮未十數稔而
已鞫為瓦礫之場矣嘉靖己丑冬監察御史古吳施
公一德來按廣西以所在郡縣民苦夷患圖所以消
弭之謂非將領得人不足以消弭夷患而將領之才

非素養而豫教之則亦不能以有成也方營度廢址以圖修復既又患其褊小迺謀於鎮守太監傅公倫暨藩臬三司長貳皆謂宜別圖之去廢址一舍許麗澤門左得隙地一區出公帑市之傅公歡然佽助三司長貳亦皆協謀贊相副總兵張公經蒞任之初欣有此舉且自謂其職專於此佽助贊相尤殫心力乃鳩工計役卜日而興事焉前爲廳事後爲講堂左右爲齋房爲號房旁爲箭亭外爲大門扁曰武學修梁傑棟崇墉堅礎稱其爲陶冶武弁英傑之所者又於城外百步許爲圃立亭以較騎射工既訖功副總兵

遣使具書來謁予記書有之惟事事乃其有備有備
無患而易之萃旣曰君子以除戎器戒不虞至於旣
濟又曰君子以思患而豫防之雖兵法亦曰無恃其
不來恃吾有以待之自古聖賢未有不以先事備豫
爲要務者豫則立不豫則廢凡天下之事皆然而况
於兵乎况於統兵之將乎將也者兵之司命一方之
安危係焉而養之可以不豫哉將不豫養而付之以
兵望其一旦緩急之用彼於兵機懵然莫識其爲何
物奇正異形不知也攻守異勢不知也或可乘而不
乘或當斷而不斷勇者輕敵而進怯者望風而奔豈

不失機會而誤大事哉廣西夷患非一朝一夕之故
是固不可一日而弛備也况事有大於此者唐之末
造屯戍思亂龎勳以匹夫乘之倡戈横行雖凶渠尋
皆殲夷然兵連不解唐遂以亡是唐雖亡於黄巢而
禍實基於桂林此有識君子所以有患常生於無備
之歎也然則儲將練兵嚴爲之備豈獨可以消弭夷
患而已哉說者謂夷獠之在廣西譬諸蟣蝨叢生於
丐者破衣敗絮之中捫之而日益多有不可勝捫者
此誠未知先事備豫之義使誠知而備之彼區區夷
獠視之眞如蟣蝨在人指掌中行殄滅之無遺育曾

何足齒而顧爲是說哉施公按治廣西所至郡縣講師律而訓戎伍旬練月習賞罰明信凜然如臨鉅寇今又修建武學以備將領之才將以備他日無窮之用諸君子又皆協謀贊相以爲一方久遠保障之圖深有得於易書兵法之旨其有德於邊徼生靈不小是惡可以不書凡學於斯者講讀討論一如累朝規制孜孜夙夜求以仰稱德意他日出爲世用掃蕩妖氛建立勳業將不在古名將下匪亶効力於一方也斯於諸公今日作興勸勵之盛心爲無負矣不然飽祿食而安齋居雖學與不學等其或學焉徒能剽竊

空言而無禆於實用則豈諸公之所望哉是役也布政使李公寅高公公韶按察使范公嵩參政蔣公冉卿胡公岳副使張公𢴁伍公箕顧公遂參議鄭公維新陳公煥僉事張公邦信王公世爵邵公精黄公佐金公輅都指揮袁侯桂皆嘗協謀贊相者也詳書於篇俾後之人有考焉

黄氏家廟記

翰林編修黃君才伯倣東萊呂子家範中宗法作家廟以奉其先立宗子世世主之其爲廣西提學僉事之明年課士來吾全屬予記之才伯讀書中秘時予適備員內閣相與甚深義不容辭因問家廟之制才伯曰佐所作家廟在所居之東園以蠣垣爲屋三間中爲大龕間而爲四以奉四世櫝主每一小龕廣五尺深八尺俾其前可容祭桌略存同堂異室之制而以先世舊龕爲寢於其後用庋遺衣左右有輔屋各一左爲神廚右爲神庫兩旁爲廂房各三間以爲齋

宿之所簷前接以拜亭扁曰雙槐蓋先祖長樂府君嘗手植雙槐曰吾不能如太原王氏子若孫能更植其一則吾志願畢矣此亭所以識也亭之前爲三門其制如坊牌扁曰家廟家廟兩旁各爲小廳每祭則宗子宗婦率家之衆男衆婦序立於左右隔以屏障祭畢則分男女燕焉又其前爲樓以奉勅命貯書籍則扁曰寶書若小宗不祧之主則別祀於先考粤洲草堂之世祔祠使廟主親盡得以迭遷而不至爲五龕之僭執事能不爲佐一言以示我後之人哉予曰古者國君下至命士皆有廟以祀其先孔子教孝亦

曰爲之宗廟以鬼享之而廟數多寡則視其秩位之崇卑爲等差未有無廟者也有廟矣以廟序宗則祧曰宗祧祀曰宗祀姓曰宗盟官曰宗官器曰宗器不獨廟曰宗廟而已故公劉之詩有曰君之宗之釋之者曰爲之君爲之大宗也又曰宗尊也主也嫡子孫主祭祀者族人尊之以爲主也嫡子孫即宗子也而周官太宰以九兩繫邦國五曰宗以族得民釋之者曰先王以大宗合天下之族燕饗飲食序以昭穆聖王欲盡君道以得民心宜莫有先於宗法者宗法行於廟制中因祭享而崇孝敬上焉有以尊乎祖下焉

有以收乎族祖遠而易忘也族散而易踈也有以維持而聯屬之於易忘者而使之不忘於易踈者而使之不踈尊尊親親而人道盡矣此所以祀必有廟而禮必有宗也呂子倣古禮以行宗法嘗有書與晦菴朱子商榷其事而朱子亦曰祭祀須是用宗子法呂子又倣禮王制士一廟之義於所居之左立祠堂而以家廟名之使子孫不忘乎古而朱子嘗欲作一家廟以後架作一長龕堂又於中以板截作四龕堂堂置神牌今才伯名祀先之所不曰祠堂而曰家廟蓋取法於呂子而於朱子蓋亦有合其於呂子宗法則

師其意不盡同其制考呂子與朱子書有謂宗法方行得數月俟數年行有次第條目始可定蓋未幾遽捐館舍不能俟之於數年也呂子不能俟之數年以定其條目而才伯顧能推而行之因略以致詳於分所當爲力可有爲者爲之必盡其心力焉不亦仁人孝子之用心哉黄氏先世居筠州相傳爲宋度支員外郎諱漢卿之裔有諱憲昭者仕元爲西臺侍御史以直諫謫南海未至而沒其子從簡始流寓南海之西壕從東莞伯何真起兵衛鄉里官至宣慰生子諱敏敏生子諱温德讀書知大義爲鄉校師洪武中保

籍尺伍後調南海衛壽又調香山千戶所則才伯之高祖也生四子其季諱泗府君娶香山伍氏始定居香山則才伯之曾祖也至其祖長樂縣尹諱瑜府君又徙居會城番山之麓而厥考贈編修諱畿府君承之自宣慰至才伯凡七世族衆日繁欲收其渙散敦其親睦非廟以尊祖立宗子以主祀事則何以別姓收族報本反始以盡尊尊親親之道此家廟之所由作歟才伯博極羣書著述滿家遴屬太史出官風憲皆以文學爲職其於祀先之禮講之明行之習其尚援經傳析異同一一以告我哉

書

上瓊臺老先生第一書 成化十七年七月十八日

伏惟先生以道德文章爲天下宗師尤汲汲以引掖人才爲已任士苟有一善必稱揚之使有聞於世故雖以冕之不才亦辱不棄進之門下義重而恩厚心誠而意美此非古人不能而今人則罕見也冕實深愧焉謁告歸省又辱寵以教言而以大賢君子之望於其徒者是望教育之至無以爲踰第所懼者不能如所望譬猶以數斛之舟乘百車之貨以泛於海其不至於覆溺也者幾希雖然苟堅其檣桅固其維纜

備其樓櫓僥倖無風濤之患則豈終覆溺也哉而冕也不敢不勉矣六月四日自潞河發舟冕侍兄側幸得無恙但其舟甚小行李書册外雖餘無長物亦無所容日中抱膝而坐不敢俯觀又天氣熱甚目或昏亦不能細視欲求與筆札相親而不可得賴有鄉友數人朝夕清談以終日而已舟至臨清同舟者稍稍徙之他舟居一日同舟者盡去乃求快船而徙之雖其行稍速亡恐然計其所費亦已甚鉅矣且人衆多不能遂所欲爲自念窮窘貧困至於如此亦可悲也已既而自解曰顏子操簞與瓢以居陋巷終其身不

跂其樂古之聖賢有以樂諸其心其身雖困亦有所不暇顧龍蛇不得水處於尋常之間見困於泥沙見侮於魚鱉其身雖窮而其騰高舉遠之志不窮卒然雲騰而雷鳴風生而雨降出於淵而升於天不難也士苟有以樂諸其心則雖窮窘貧困亦何損於已邪冕雖不才得先生焉而爲其徒則亦足以有所持而樂諸其心矣奚以悲爲使苟一時之幸美衣服盛車騎揚揚然過閭里俾小夫賤隸歆慕企想以爲不可及雖無窮窘貧困之悲亦何以易此樂也哉先生之教育期望乎冕者固不在此冕之所以感先生者亦

豈在此邪今學業荒蕪誠不可言時有所疑欲就先生質問忽驚相去已數千里仰首望門庭如九地之於九天不可得至也況茲南歸去先生之庭日益遠接塵俗之態日益繁使其心又以憂衣食亂則所以務學之日少而外慕之日多安得如先生所教靜觀至理寘心物外慕也哉此冕所以深爲之愧且懼也沿途未嘗一遇便人心懸懸而不得上達七月十有一日始至南畿南歸之期度不出此月寧覲後負笈重來以勉求其或有所成冕之志也亦慈母大兄之所欲也而豈敢後時貴邑張舉人將北上京師偶邂

逅於蘄河逆旅因敬作此拜上不宣

第二書 成化十七年七月二十五日

先生之教冕冕之見教於先生天下皆知之先生之所以教冕冕之所以見教於先生雖冕之於天下皆可以無愧先生探索古初洞達幽隱細析元微大包荒穢天下之士莫不以先生爲知言皆彈冠相慶願爲先生之門生學子而有不可得者蓋先生之於士才者取之不才者俯而教之皆因其質之所近初未嘗必其同已以故士之才者願在所取而不才者亦願在所教地之美者同於生物不同於所生凡可以衣可以食可以用者苟種之無或不生惟荒瘠斥鹵

之地彌目所望皆黃茅白葦先生之於士小大畢取而未嘗必其同己其亦猶地之美者之生物歟晃雖不才亦在所教其爲幸甚矣此所以日夜圖報稱其萬一而未能焉昔者陶淵明乞食於人得一食至欲以冥謝今晃之所得於先生者夫豈直一食則其所以感激奮發以圖報稱其萬一者宜何如哉自拜别來凡六十日不見道德之光日遠而鄙吝之萌日生晃也者乃今日之晃非昔日之晃也假令先生見之且必棄之不暇尚敢望見教其一二耶雖然人苦無志苟有志不患不能立晃之駑鈍固不足言而心之

所志未必遽下於人他日北上京師復拜先生之門以希見教其一二是其所以進德修業者尚及時也豈終見棄也邪若然則所以感激奮發以圖報稱其萬一者將於是乎有在矣而冕也又何患焉章方伯在敝處極辱照拂寒家今聞其如京師又辱爲冕帶書簪如是也其爲惠愛深矣夫以公卿大人而每有惠愛於一窮布衣者豈非以先生見教之故而然歟漸遠不能時聞教益也每懷道德之懿訓誨之言則或有如摳趨於左右云耳

第三書 成化十七年十月既望

冕九月二十一日抵家遠托雲庇幸慈母康强無恙冕與兄昇亦荷安如昔畢姻之期擇在明歲二月間其家素尚禮義諸有所爲無不從者冕今兹家事雖云匆冗然幸辱教誨而心亦頗無所累荷天假之無疾病以叢身則亦未必不足以有爲也來秋决負笈重往門下以求益矣感戴盛德無以爲報然報不報亦豈先生所掛意哉傳汝礪行特此修椷不敢多言以瀆尊聽聊發一二以致感戴不勝之意云耳

第四書 成化十八年正月初十日

冕昔者辱遊先生之門竊誦先生之書見先生所輯家禮儀節鄙心甚喜以謂文公家禮一書天下家傳人誦之矣然行之者尚少數百年後何幸得先生爲之解釋使凡普天下若郡若邑若鄉若黨在處有大德厚望者一二人焉舉行之以爲之倡率則此禮之行庶幾遍天下矣乎冕生湖南九郡之極地去中州特遠風俗素薄昏姻用鼓樂喪葬用浮屠責成人者無定儀祭祖考者無定時過不自料恒思欲變之而德薄才謭無足以爲鄉人矜式蓋嘗嘆風俗之弊雖

未易驟變然吾身之所行則保其決不隨流俗也十
二而孤亦旣冠矣於冠喪二禮已不逮爲然猶未娶
也至若昏祭二禮則尚或可以躬行之歟去年得告
南歸將娶於陳氏意以陳氏者吾郡之故家鉅姓者
也而世有大德厚望之人焉其能行昏禮無疑矣乃
遣人爲之一一言之而彼家之所謂大德厚望者方
且惑於流俗膠固執泥以爲不可於是宛轉使人委
曲開示謂之曰古禮簡徑何若不行至再至三彼不
得已然後勉從親迎之一節若夫次日而後見舅姑
三日而後見宗廟者一切不從然親迎之期尚遣至

期亦未知其果從與否也初冕之欲行此禮匪獨彼家以爲不可雖吾之母與夫宗族之尊長亦皆以爲不可以故不忍咈親之意而不能盡如鄙心之所喜而行之也且夫鄙心所喜非欲立異以爲高逆情以干譽也盖以古禮日湮流俗日弊果能變流俗行古禮庶幾天下人人得見古人丰采然古人者亦人耳豈與今人異哉古人能行之於古今人乃不能行之於今亦獨何歟大抵凡人之情可以與之言今不可以與之言古孫昌胤冠古冠禮之不復獨發憤行之而見譏於鄭叔見笑於外廷伊川程正公治喪不用

浮屠在洛亦僅有一二人家化之耳以此見流俗之弊雖聖賢亦無如之何而聖賢所爲未必不爲流俗所譏笑特賴百年論定然後見知於後世耳然知不知亦豈吾所當挂齒牙哉吾之所爲果有益於世而世不知美反見譏笑其責在乎人吾何與焉使必世知美之吾然後行則吾之所以待乎已者輕而務乎外者重矣不已狹乎伯牙鼓琴惟鍾子期能知其音子期死伯牙遂不復鼓琴嗚呼向使無子期伯牙之琴其終不一鼓邪是其待乎已者輕務乎外者重由君子言之無足取也晁辱游先生之門竊有見乎此

是以毅然欲行昏禮不復顧流俗然不忍咈親之意卒不克行而終焉與世涪湛俯仰爲流俗之歸淺闇踈陋以至於此固無足惜所兢業者恐傷文公著書垂世之盛心與先生輔翼文公之勤意而反見譏笑於流俗焉耳王臣來蒙賜教言敬已拜納寒家自母見以下無不懽欣踴躍嗟乎自聖賢道否之後世之爲師弟子者不爲不多然朝離書帷至夕視之已有若秦人視越人之肥瘠恝然不一動念焉者矧相去萬里而肯不恡教誨諄複懇切之如此哉先生之德及於冕者深矣冕之感先生也其將何以爲報邪臣

今北同謹此拜復詞語喋喋上瀆尊聽不勝戰慄之
至

重刻蔣文定公湘皐集卷之二十終

一圃俞當藹校字

重刻蔣文定公湘皋集卷之二十一

清湘後學俞廷舉重編

闔邑紳士　同刊

書

與友人俞振明書

自別後悵惘不已辱惠書言及薄命足見厚愛感謝之至無以爲喻但問學荒踈不能勉策駑駘一日千里以副遐望秖以爲愧耳僕平居不敢言命近因檢閱古人圖籍觀其履歷事行然後慨然太息以爲人之出處自有定命而不可誣也孔子大聖周流天下

而不能一日遇顏孟大賢或夭死或老死皆不能以少行其志於時此豈非命邪自其他言之若百里奚不用於虞而用於秦張子房不顯於韓而顯於漢方其不用與不顯也凡其所以言於君上行於民庶見於施爲者皆如以水而投石莫之或受也及其將用而將顯是故言於君上則君上信之行於民庶則民庶從之見於施爲縱横顛倒無所如而不可如以石而投水不費片言之勞不待終朝之久欻然而投之則劃然而入矣夫奚與子房豈賢於秦漢而不賢於虞若韓哉固有命存乎其間也命之理微在孔子罕

言之然非不言也將西見趙簡子聞竇鳴犢舜華死臨河嘆曰美哉水洋洋乎余之不濟此命也然則非不言之特不欲雅言以眩惑夫人使棄人事而不修焉耳盖人事固不可以棄之而不修然要之出處自有定命而不可誣也今夫人見孔顏而下諸君子其出處皆有一定之命遂棄人事而不修及其不遇則曰某之不遇命也此豈君子之道哉君子之道行已必敬與人必忠講學必勤改過必速得一善則拳拳服膺而弗失見不善焉惡之如蛇蝎疾之如虎狼畏之如戈矛惴惴然業業然惟恐一言之不善一事之

不善一時之不善是故遇於時也經綸康濟以天下爲已任不遇則終焉而已豈必孜孜以求知於人哉且知不知在乎人而問學之勉不勉在乎已人而不知人之愧也我不勉於問學則我之愧矣君子以在乎人者委之於命爾寧并以在乎已者委之於命邪唐李泌對德宗言他人皆可以言命惟君相不可言蓋君相所以造命也若言命則禮樂刑政皆無所用矣由此言觀之學者豈可以委之於命棄人事而不修邪棄人事而不修則今日固不遇他日亦不遇修人事而不專委之於命今日雖不遇安知他日終不

遇乎僕與吾兄辱有一日之好且來書示以人事盡而天理見之言其惠之也至矣故敢干冒而以天命人事瑣瑣言之今且不日得告南歸拜慈顏於堂下承顏色奉甘旨以少盡人子之情行將復來京師摳趨於大司成先生之門以卒所業勉強問學庶乎少有進益上而立德次而立言不求知於人而求知於天不求遇於今而求遇於後固所願也不知薄命何如果能遂此志否幸吾兄再爲我言之因風而示知焉

代人上某官書

古之所稱豪傑者其德義足乎已其功業昭於時其聲名垂諸後顯然如日星之麗天其輝光炫耀百世如見自有不可掩者五三載籍以來代有其人焉故每誦其詩讀其書考其德而論其世以想乎其人疑其所以英偉靈怪奇特瓌異殆有若世之所稱神人者然固非世之所常有者即有之亦非世之人可得而測識也夫古之豪傑其人已亡其骨已朽其蹟已遠以今觀之遠者數千年或七八百年或五六百年近者亦不下百十年其傳於世者獨其言存耳去之

千百十年之後徒得其遺言而玩之尙如親生其時親識其面親聆其語恍然如在人目睫之間灼然如在人几席之上使人歆羨跂慕之不置况得身生於其時識其爲人見其設施聞其言議則雖執鞭朴供灑掃奔走使令於其前亦所深願而甘心焉庶幾不虛度此生也愚之誦此言也久矣當今之世德望兼隆孰有如執事者剛毅正直而持之以誠和易忠厚而決之以勇寬大宏博而發之以義誠無愧於古之所稱豪傑者而愚也縻於職業不獲一就見焉其不爲虛度此生也乎方欲效陳忠肅公爲責沈文以自

咎某甲子之歲誠不自意得立階墀之下接見君子之容色心殊慙汗惴惴焉惟恐見棄於執事爲天下所笑所幸執事不察而過禮之列諸賓從之末使得聞所未聞待之踰於所望而惠之非其所安向之所願見不可必得者今則一朝而爲知已退而幸之意者執事有取於不肖邪不然何其禮之恭而意之勤也違遠以來數年於玆感執事盛德朝夕往來於懷無須臾寧者顧惟區區無足以爲報而執事盛德又不可以不謝因謹作此以道鄙懷且稱述執事光明盛大之德以求達於左右執事之名滿天下其光明

盛大之德方將與古之豪傑光昭載籍者同垂於不朽固無待於愚之稱述也而亦豈愚之所能稱述邪所以妄爲稱述而不置者秉彝好德之心所不容已亦不自知其狂且妄也雖然執事亦豈以愚爲狂且妄哉

上外舅少保西軒先生陳公求賑濟鄉郡書

敝州及灌陽民之困於荒歉者極矣山間所生葛根蕨根與夫染色之樹根有曰金羊頭者掘之殆盡村落之間人皆菜色有夫賣妻者有父母鬻子女者有饑困而自縊者有菜食既久困憊無力荷鋤田間因仆而死者春仲且然自今日至於秋成尚數閱月不知將何以堪也往來之人但見城市之間米價不甚翔貴市井逐末者朝夕營營錐刀之羸亦足以糊口遂謂所在皆然而不知出郭數里外民之窮乏固有不忍言者矣蓋城市之衢略有可觀者往來之人皆

得見之而鄉落之民窮乏不忍言者散處四遠往來之人固莫之見也鄉落富民往年素稱大有蓄積者今亦僅足自給或自給而且不贍未嘗出龠合之米以貸貧民貧民得錢亦無從而糴前所云葛蕨之類發掘既盡則將坐以待斃而已古人有言天下有危機禍亂因之而起百姓是也百姓安則樂其生不安則輕其死使凡爲百姓者皆輕其死則將無所不至其爲患可勝言哉所宜興發振貸汲汲恐後而乃上下相蒙恬莫之省或者方且切切以催科爲務刑罰惟患不嚴賦歛惟患不急其亦不仁甚矣周禮十二

荒政一曰散利二曰薄征說者謂散利是發公財之
已藏者薄征是減民租之未輸者荒政之大莫先於
此二者今莫若稍倣其意於稅粮之在民而未徵者
則量減之使凡民之有田而被災無收者皆得以蒙
其惠至於阻饑之人則急出官廩以賑貸之而不責
其償官廩不足則或高時估以招商或發官帑以市
糴則猶庶幾也晃嘗累書以此事奉瀆而尊丈軍務
方殷不蒙批答今民之轉徙困踣日甚一日不忍坐
視故復冒昧言之伏望尊丈惻然動念與總鎮巡按
諸公議所以處此者斷然行之不惑人言則一方饑

孳之民皆將生死而肉骨人人受再造之賜矣抑冕又聞文公朱子嘗言於其君曰臣嘗摹得蘇軾與林希書論熙寧中荒政之弊費多而無益以救之遲故也其言深切可爲後來之鑒蓋自古及今荒政之失未有不失於遲者冕惟願尊丈救之勿遲而已此尤惓惓之至懇也救荒一事果辱俯從則敝州舊政之方爲民患而不可不爲之擘畫者如差科之偏重驛傳之過勞民欵之不宜遠調旁郡夫馬之不能協濟他方諸如此類方將次第陳之以俟裁處今則恐留更僕未能也冒瀆尊嚴引領待命

附顧東橋憲使跋語

右相國敬翁奉總制太保陳公請賑本州書也既而折糧發粟咸如所議饑民賴以全活者甚衆傳曰仁人之言其利溥哉殆謂是也璘聞朝臣言相國居禁密惴惴焉恒以四方弗靖爲已任憂形於色此人人得而見之然其圖回和輯敷之百司之間而成之廟堂之上者人安得知之哉此其鄉國一事其懇到委曲必期萬全如此可以觀相國之心矣璘故與今守章君評刻於石俾邦人世世以無忘篤近之仁也姑蘇顧璘謹題

與兩廣提督蕭都憲書

吾廣右地方被猺賊毒害自國初以來未有今日之慘執事一聞新命即取道湖南兼程徑趨桂林所至虛心延訪求所以消弭之策籌畫大槩見於請兵奏疏者極其痛切又以去歲半年旱暵爲虐赤地二三千里亦數十年來所無而柳慶二府被災尤重斗米直銀半兩人至相食旣隨宜設法量行賑之而又備以上聞請寬料價以輸邊民危急之患執事爲邊方生靈惓惓切切一至於此如此而賊有不平民有不得其安者乎獨念用兵除寇以安民也用之於凶年

饑歲老弱轉徙溝壑之餘而農務方急青黃且不能接民能無病乎運軍餉也徵積年逋糧也調民壯以助軍也若是者不一而足勢皆不容以緩則區區殘民將有不得其安者仁人君子寧不思所以處此哉以行師之義寓卹民之仁不惟除寇兼以救荒前奏疏中所云愁苦萬狀觸目疚心又云少濟目前之急又云寬一分民受一分之惠執事所受勑隨宜區處正謂此類變愁苦而爲謳吟轉凶荒而爲豐樂實深有望於執事也軍餉糴於廣東者由府江而上糴於湖南者由湘江而上湘江經吾全吾全舊歲凶荒亦

前此所無者軍餉之饋運積逋之追徵民壯之調遣能使吾全之民少寬一分乎則吾全之民受再造之恩於執事矣伏惟仁人君子留意焉

又與蕭提督書

各處官軍俸糧自當於各府州縣秋糧夏稅中支給吾廣右去年徧地旱傷糧稅何從而出哉若必待徵完糧稅而後以本色給之則官軍與民皆不堪命矣今暫將廣東湖廣所糴軍餉支給隨征官軍外量行借與守城官軍先由桂林以次及於柳慶隨支隨糴隨糴隨運但支給兩三月本色米而不折銀與之則不獨隨征官軍無缺乏之憂而里居士民亦免饑餒之歎不日秋成田禾收穫雨水漸稀林箐可入則平賊有期矣

又與蕭提督書

承專使遠來手劄存問感何可言地方兵荒備極困苦非藉執事極力拯濟則遐荒殘民不知將何底止讀別楮至痛切處輒欲流涕感又不足言矣勦賊事此時想已有次第但暑雨深山兵苦不能着力又調兵運糧爲日既久首惡劇賊皆將四散逃避欲望十分中擒獲三四勢亦未易班師之後逃避者漸歸不出數月又將聚集黨衆出而刼掠亦或難免執事當必有以爲善後之計某願與聞焉

與屠巡按書

近聞巡撫公借支軍需銀一萬兩又行梧州府庫發銀一萬兩差官分往廣東湖廣各處糴米給軍今已陸續運至桂林等處似此措置極善但此米止以爲軍餉之用而於各處饑荒軍民了不相干鄙意欲乞執事與巡撫公協議再於梧州府庫發銀二三萬兩仍前差官分路糴米運於各府災傷地方以爲官軍俸糧連三四月放支本色則街市村落米價俱平吾廣右千百萬生靈皆藉二天之庇矣如此卽是賑濟不待他求也若只糴運軍餉而官軍俸糧仍前多支

折色自今至田禾成熟之時尚有數月嗷嗷饑民安
能枵腹以待也伏惟留意

與伍時泰憲使書

前者人自豫章來承手劄甚感垂念其人一見後再不復來未及奉復至今以踈懶為愧執事倡義起兵掃平叛逆蓋自提督軍務大臣而下功無與儷者顧橫遭口語乃至凌挫於人然公論由是日益彰明以此見天理之在人心固自有不可泯者猶可為世道幸也匆匆餘不能悉

與唐侍御書

地方多事霖潦爲災正賢者致力之秋也豈可遽焉求去哉賢如執事而聽其去則所以甦民困以回天意者果將誰託哉請自今勿復再言去矣

與王陽明都憲書

去歲在清源嘗得手書其齋書者以禁不敢來見今年在留都又得手書其齋書者以嫌不敢織見以是累累無由奉復然執事倡義起兵忠誠激烈掃平叛亂功在社稷顧乃橫遭讒毀心事未白兒童女婦孰不爲執事憤然不平此蓋無日不往來於鄙懷者昔之復不復固在所不必論也況九重天日本自開明公論在天下亦自有不可掩者他更何說惟靜以待之而已

與厚齋先生書己卯年十二月十一日

一二日來忽聞有移郊南都之説，病中不勝驚愕。夜來卧不安枕，反覆思之，其爲不可彰彰明甚。不知誰爲此説以惑聖聽。今日内外文武大小臣工，孰無身家，孰不知國家郊廟之禮皆祖宗定制，天下萬世不敢輕議，而乃一旦妄爲此説，上得罪於天地祖宗，下得罪於天下後世，果將孰任其咎哉。伏望執事摯冕極力以死爭之，雖章疏數十上，必得允而後已。仍乞轉達内外諸當道，從容勸諫，以回聖心，以安宗社，則冕區區衰病首領，亦將藉庇而可保於牖下矣。伏惟

留意覓不勝懇切之至

又與厚齋先生書庚辰年正月二十七日

昨聞文書房官到此必以郊祀日期來奏今正月已盡二月將臨前者二月上旬之旨勢不容不改爲三月上旬矣但江西反賊至今押解未到旋蹕之期似仍遷延恐或有以宏治末年孝廟違和而用三月十七日郊祀藉口者則將有誤廷試蓋廷試在三月望日十七日文華殿批卷十八十九日傳臚此係累朝定制豈可改易必須郊祀在月半以前然後兩不相妨敢乞孝晃同往懇懇言之庶幾不誤國家大事

又與厚齋先生書 庚辰年二月二十一日

駐蹕留都已近兩月罪人擒解至近郊者亦餘旬浹矣而迴鑾尚未有期郊祀不在春廷試傳臚不在三月望日孝貞純皇后大祥升祔不在禫祭之期不待言而可知也此豈小事而顧如此哉宣大開原大勢虜賊久已壓境卽乘虛來寇直犯畿甸何以處之近日聖體聞有瘡疾以此近臣未敢輒以前項諸事上聞殊不知南土蒸濕方此春氣發生之時欲求康復猝未易得漸北則風氣收歛勿藥自安此理之必然者凡此懇衷何以轉達惟乞執事挈晃躬往行宮瀝

誠上請一二日間實雖其時更不宜緩也

與石侍御書

近承手劄開示累數十百言皆懇懇地方事比之春初見示手劄言尤痛切讀之使人感慨流涕至論動調永保土兵之害尤見洞燭民隱謂土兵殺賊如用烏頭治疾之危疾非烏頭不能起而用烏頭者元氣必耗亦或至於亡土兵雖能破賊而所過之處甚於蠻賊之害人蠻賊可避而土兵之害不可避執事之惓惓於此意專在於地方生靈病在吾民者猶在吾身也仁人君子之用心固如是哉凡在土民曷勝瞻仰但田州思恩事所傳聞異詞執事與巡撫衙門切

受當宁委託有地方之任爲今之計莫若多方詢訪而虚心平氣以察之務求病根之所在協力而酌處焉不主先入之言必爲經久之計主於爲國家安生靈而不必其得爲在我失爲他人也則數千里地方皆在執事大造之中矣衰病憒眊言無可采感執事見教愧無可以少裨臺端末議者偶書鄙見奉瀆左右惟一目而置之幸也

與王陽明總制書

近年吾廣西州縣處處皆賊雖僻鄉全州及所轄灌陽與鄰邑興安靈川亦無不然全灌舊所慮者惟湖廣楊峒十八團之賊間來爲害成化末賊嘗一出桂林知府羅珦督兵擊之剿賊六七百人全灌自是二十餘年安然無事正德八九年來賊自義寧等處來擾與靈都指揮馮瑀督兵截殺賊憚其謀勇尋即歛跡其後大征古田以致洛容失陷由是恭城賊勾引荔浦賊乘虛越過府江而來始惟侵擾灌陽村落近一二年則又越灌陽而來擾犯吾全州矣舊冬今春

及今月來擾吾全者凡三次舊冬今春之來也三四日卽去民雖荼毒猶之可也今則據險劄營分遣賊徒四散焚劫半月兼旬猶肆行不去民之荼毒則有不忍言者矣全灌興安非無官軍民欵然賊衆我寡勢不能敵未免坐視而莫敢救廣西鎮守守巡衙門亦非不遣官督兵前來救援但桂林官兵亦自寡弱戍守狼兵不遵紀律往往先期而逃止有打手殺手數百人其分遣而來援也亦果能制賊之死命否邪此賊若非加以兵威俾知所畏憚則吾全灌之民終無息肩之日伏望仁人君子俯恤殘民特垂念慮調

遣遠軍狠兵益以打手殺手選謀勇官員如馮都指揮者統率前來全灌與安不時往來防禦巡邏遇有警報隨即策應或密切徑往險惡巢寨相機勦或出奇攻擊如羅知府在成化末年事皆在臨期隨宜斟酌而行待半年或七八閱月後地方果寧方許撤回若勦之策果行仍乞行仰府江兵備及平樂知府量發官軍四面夾攻設使猝未攻剿亦乞行仰嚴加防遏毋或任其縱橫出刼肆無忌憚若然則不惟區區殘氓有所恃賴雖么麽老病如晁者亦得以苟延殘喘於荒山野水之濱遠近耄倪人人皆拜大造

之賜矣凡此計處不必旌節親臨徼境但嚴行各該
衙門專委任而責成焉則事不無濟矣全灌興靈之
外前所云洛容自大征後至今賊皆窟穴縣中上下
相蒙謂爲修復已久而實未嘗修復府江賊亦恣肆
如故莫如之何今秋嚴布政歸自蒼梧其下承差吏
皂死傷於賊者十二三人他可知已右江一帶軍民
往來道路常梗日復一日不知畢竟何所底止凡若
此者愚執事未之知耳使誠知之寧忍不爲之處哉
恃斯文雅愛喋喋冒瀆伏惟不罪而留意焉幸甚

重刻蔣文定公湘皐集卷之二十一終

一團俞當藹校字

湘皋集
卷廿二至廿五

重刻蔣文定公湘皐集卷之二十二

清湘後學俞廷舉重編

闔邑紳士　同醵

頌

大明一統志頌　有序

上天全以所覆之地畀我皇明六合同風九州共貫凡窮邊絶徼載籍之所未聞振古之所未屬者莫不渙其群而混於一雖九夷八蠻之在荒服之外者亦莫不梯山航海重譯來王自三代以來統之一者未有盛於今日者也顧惟歷代地志雖具存可稽然其

問詳略失中取舍乖謬往往不能無遺憾焉者肆我
太宗皇帝卽位之十有六年始遣使徧采天下郡邑
圖籍特勑儒臣大加修纂務成一書以昭國家一統
之盛然書未及成而龍馭已上賓矣英宗皇帝丕隆
繼述爰命文學之臣因仍其舊纂輯成編名之曰大
明一統志其與夏之禹貢周之職方固異世而同符
也粵稽古九州之志謂之九丘周官小史掌邦國
之志外史掌四方之志輿地之有志其所從來舊矣
況我國家一統之盛追蹤三代者乎是宜大書特書
刻之琬琰以垂示無極也臣謹稽首百拜而獻頌曰

天蓋地輿人其中處環海爲疆際天爲宇一以統之
惟受命主三代以降或統或否能混一者僅可縷數
元以腥羶汙我華夏天實厭之篤生聖祖膺歷執符
肇基南土聖子神孫繼有天下南吳北燕兩京並樹
維城有親陪京有輔有藩有臬有衞有府規制周詳
脉絡無阻禹跡所及章亥所步悉臣悉妾孰敢違拒
東越鯷波南踰銅柱西亘崑崙北彌狠胥雕題文身
篳路藍縷來享來王千百其旅一統之盛古所未有
不有盛製曷以垂後肆惟太宗以文繼武爰以編摩
委之掌故采訪雖備全功未究時如有待事實不偶

春皇紹統欽敬承焉乃命儒臣纂修是務指授成書悉有依據首辨方域次分星野古今沿革小大寺署育賢之宮棲神之所風俗淳漓地勢夷岨川流以瀦山峙以走有渟其浸有蔚其藪形勝物產靡所不著宦蹟人物惟賢是取古蹟不遺今制畢舉並載俱收無間細鉅二氏亦錄四夷兼附綱舉目張星羅棊布一目萬里不出庭戶自有地志未獲前覩宜並聖經共傳不朽今上皇帝嗣有令緒駿德神功登三咸五億萬斯年爲民父母如乾統天萬物咸覆泰山之安磐石之固小臣作頌以示終古

滕氏考室頌有序

滕景明氏之考室也有堂焉有寢焉又有樓焉登高眺遠左顧右盼但見柳山如環拱揖於其前湘水如帶縈迴於其後風氣凝聚面勢軒豁庭宇邃嚴簷楹翬翥可以續妣祖可以聚族屬兄弟相好室家相安不必寢而夢興而占凡男子之生者自莫不以仕以學凡女子之生者自莫不無非無儀福履駢臻子孫繁衍皆將自今日始深有合於斯干詩人之義落成之日族姻賓朋畢來胥慶有執爵而言者曰凡人之爲居室未有不欲爲子孫計而使之繼嗣妣祖之業

者今景明能然豈不足爲景明賀哉景明曰此皆我祖我父之餘慶非曉之所能自致也衆喜景明之能修拓世業且又不忘其先德焉合辭頌之頌曰

出城北門喬木鬱然問誰甲第滕氏居焉維志淵翁先十數世來自金華卜居湘濱翁有四子生十餘孫景明其一性勁氣溫蚤歲而孤能自樹立克儉克勤生產日積乃以餘力修葺先廬歲增月拓數倍其初輪焉奐焉既完且美寢成孔安有賢孫子他年門外駟馬高車始信今日辛勤讀書當筵致詞雖非張老心則庶幾古人頌禱主賓歡洽一飲數觴載賡古訓

肯構肯堂

贊

瓊臺先生邱公小像贊

豪傑之士無待而興聖賢之學不强而能道適於用文達其意一世鉅儒兩間間氣

仇武襄公殲逆贊有序

正德五年夏四月寧夏賊臣何錦周昂丁廣等挾宗室安化庶人寘鐇謀不軌戕殺鎮巡重臣傳爲檄徵調諸路兵馬以誅賊瑾爲名刻日將渡河關中震恐仇武襄公時爲遊擊將軍統兵駐城外賊紿之入城而奪其兵公度不得脫徒死無益即陽與而陰圖之乃與武舉謫戍者數人合謀討賊適陝西總戎官遣兵入靈州約會鄰境將官刻期進討靈州守備者潛通公書約爲內應公乃稱疾卧家賊黨來視疾公延入卧內遂手刃周昂執寘鐇父子械繫之又執何錦

丁廣於外并誅其黨與朝廷尋遣總制大臣撫定之寧夏以平論公功賜號推誠宣力武臣特進榮祿大夫柱國封咸寧伯賜誥命追封三代考皆咸寧伯妣皆伯夫人又賜鐵券後又以公平流賊功進封侯爵僉書右軍都督府事督視京營兵馬逮其歿也賜謚武襄又賜以葬祭生死哀榮慶流苗裔非公許國之忠應變之略有大過人者何以克平叛逆於樽俎談笑之間而迓承寵命如此哉予昔自翰林出貳吏部今少師大學士邃菴楊先生爲太宰語及總制寧夏事先生盛稱公忠勇且述公手刃逆賊事甚悉及公

膺召入京師予屢見公班行中目其雄姿英舉有足重者及既得謝里居公之冢孫嗣侯翔卿出鎭兩廣自梧以書抵全屬予書其事因述素所聞者次爲韻語贊之公之忠勤載在國史自當傳信萬世亦何俟乎區區鄙言之贅哉贊曰

昔我先皇承祧五祀變起寧夏虐燄孔熾殺鎭巡官如刲豕羊赫卿暫莅亦斧以戕徵調兵馬百千其旅僞鑄印章封拜黨與載傳僞檄借瑾爲名謀清君側刻日啟行延隴環洮孰不震動疇能除凶人百其勇桓桓武襄城外駐兵往來巡邏憤不欲生爰籌爰度

徒死無益陽與陰圖紿之郎入如丙在蜀俾曦不疑合源好義密謀誅之入未數朝倏稱有疾困伏寢廬不眠不食賊來視疾意公昏洗徑入卧内猶聞呻吟坐語未定蹶然而起手劍斬昂血濺牀第遂出大呼義勇偕來徑往僞宮擒厥渠魁尋執其父亦就械繫小大逆徒咸戮於市賊錦賊廣出守河防旋往執縛若刈稻芒矛鋋所加一人不妄脅從雖多咸與滌蕩合境老稚拊掌歡呼農抃於野商歌於途我困我眠我饑我食拔我水火置我衽席公戡厥亂遑恤厥躬保全民命顧肯言功惟帝念忠名書册府赫赫殊勳

宜錫茅土沐洛弗靖奉命徂征金戈所向桓桓摧傾
由伯進侯傳襲來裔鐵券册書河山帶礪厥孫嗣興
顯顯象賢惟忠惟孝益遠益延賀蘭之山峨峨壁立
公名配之永永無極

海南周遠指揮遺像贊

此爲誰邪曰周士毅其官維何海瓊節使桓桓丰儀英英膽氣頴然鳴蚪出匣之鋒凜乎猛虎在山之勢世韜略幼而夙成敦詩書蔚其能事近而戡黎於南山之衝遠或平蠻於左江之滋居中覩象足增海戍之威出邏揚舲每斷島夷之臂其剸裁也如由基之射矢必中的而不虛其剖决也如庖丁之牛刃必投窾而無滯遥領守僣之符遂專分閫之寄不圖小醜之哀凶遑卹我躬之盡瘁計其平生之所醞釀設施十曾不能以一二而凱奏無幾何時身已溘焉長逝

然遺像在堂以妥以祀精神來孚有不足以永昌其
胤嗣也邪

同年程宗魯乃尊像贊

有慤其存有斐其文商鼎周彝宛然古意楚苓湘茝馥乎清芬夕而誦朝而披功獨勤於汗竹幼而遊壯而仕地不離於釆芹士雖共荷其作人之化而世竟莫睹其及物之勳此何異於知霖雨之澤物而不知本於泰山之出雲然則書香有繼而名不患於身後之無聞者其多寡之乘除未必非天意也而吾又何事於云云

滕翁八十歲像贊

此滕翁景暘八十歲像也年齒雖高精力甚壯勝日佳時芒鞋竹杖陟峻坂而登崇邱不異堦庭之下上接物待人一於退讓雖遇卑幼之戚嫺禮亦與之相抗坐有賓朋襟懷舒暢一飲數觴氣愈豪放盖將踰九而望百益享有子孫之奉養非其平生所存之厚何以得此而豈尋常閭里間同時儕輩之所敢望哉

靳母范太恭人像贊

我昔居京升堂拜母今我重來溘焉莫睹其心平平無喜無怒亦不察察銖兩之數惟仁惟慈施及巢燕惠彼孤嫠戚疏罔間雖娠累殰爲夫置媵夫義弗從後忽自孕孕而生賢年已垂艾目見其成國亦有賴髮白返黑齒落復出八十八齡爲天所息我觀遺像潸焉出涕贊以無辭擬續女史

余讀李商隱蝨賦有就顏避跖之嘆又讀陸龜蒙後蝨賦有守白守黑之稱皆似未知蝨者

用其辭反其意作蝨贊二首

跖臭亦多顏香亦絶不知趨避但能善齧

膚白亦白髮黑亦黑不知所守豈有恒德

志

遊礲巖志

自予爲舉子至官翰林每歸自京師與人談及吾全名勝恒欲爲礲巖之遊俗務因循輒弗之果及蒙恩謝事歸忽忽且三年憂戚衰病殆居其半亦不果於遊也嘉靖丙戌冬祠祭主事鄭瑰德甫自桂林訪予湘皐書屋中乃十二月朔日偕主客主事陳邦偁朱卿謁予繼妻陳夫人墓於七里橋北予遂與二客同遊焉巖在城北十餘里深數百丈前後虛明中尤邃杳廣如大屋三數百楹澗水從西南石罅中流來數

十折北去珊瑚作環珮聲中有石乳石菓石米而石田尤奇高下小大櫛比鱗次隆徑粲然畝異其形多至數十畝無一同者石田上數步有一石可坐三四人狀如蟠龍煙雲繚繞德甫欲以雲龍名之予與巢卿皆謂爲然觴詠其上甚適自巖口十餘步後至此非束薪燃火則莫能行時積雨新霽高低亂石中澗水出没其間老病足蹣跚行頗不易兩童扶掖之乃能緩步雲龍石旁別有一小洞舊傳行十數步寒凜莫前是日從隸中有謝先是數年嘗有二野叟由此前行出城西村落者其言之信否未可知予覘其中

窅然深黑未能二三步遽悵然而返還坐石上再經石田所至緣石磴上下摩挲古今石刻且誦且行望巖南口益軒豁顧峭壁巉嵒荞竹蒙翳不可行乃循舊路出徘徊巖口見前知州顧璘華玉所題先兄姓字悽愴久之緣澗回至普潤寺寺廢已久有二三殘碑縱橫草莽中命傔從拂拭苔蘚辨認數過漫筆書四絶句二客皆次韻旬後出益奇大兒詹事府主簿履坦次兒履仁皆執杖屨以隨乃命坦兒書之於石以紀歲月先兄以四川左布政使便道過家與華玉同遊茲巖未幾轉都察院右副都御史巡撫南贛汀

庠進南京戶部右侍郎遷本部尚書尋致仕歸而卒
華玉今以山西按察使養親於家予則光祿大夫柱
國少傅兼太子太傅戶部尚書謹身殿大學士知制
誥同知經筵事國史總裁致仕蔣冕敬之甫也

賜帶志感

正德改元九月廿一日皇上以萬壽聖節伊邇俯念舊侍春宫講讀諸臣而濫及冕賜金廂玳瑁帶一圍同受賜者自閣老而下二十二人閣老劉晦菴少師李西涯謝木齋二少傅及焦守靜太宰則皆玉帶張東白王守溪梁厚齋三吏侍王寶菴劉樂忘二禮侍楊石齋少詹則皆花金帶張涇川祭酒江東川少詹劉野亭白怡靜二學士費湖東李東厓二太常則皆光金帶劉東川吳甯菴二學士毛東江庶子毛礪菴傅北潭二諭德及冕則皆金廂玳瑁帶三閣老及實

菴樂忘石齋野亭怡靜湖東又以日講勞同日有羅衣冠履之賜本朝故事官止學士與機務侍日講者始賜金帶庶子諭德雖日講者亦不過本等鈒花銀帶未有賜金帶者有之惟今日爲然此固朝廷殊恩斯文盛事而在晁庸愚則實出於忝竊過分撫已慚汗日夕靡寧不知將何以爲報也既拜賜之次月十日九卿聯名上疏指斥用事權奸請加誅戮晦菴木齋二老力主其議因之去位尋以守靜代之權奸復留日益專横縉紳塗炭者不可勝計而治忽分焉君子小人之進退其有關於世道也如此哉或傳九卿

疏上之日守靜遣人白於權奸謂疏雖首吏部盖迫
於衆議不得已而以銜門次序首焉疏實非其筆也
權奸德之力薦於上遂與守溪同有入閣之命初九
卿跪伏左順門外上疏時衆皆歷數諸權奸過惡守
溪言尤痛切守靜以其素爲士論所歸故與之同陛
以示公道云

經筵志壹

正德十六年八月初二日上御經筵知經筵事太傅定國公臣徐光祚少師臣楊廷和同知經筵事少傅臣蔣冕少保臣毛紀兼經筵官尚書臣石珤等及諸尚書左右都御史皆侍其日臣廷和偶以目疾在告臣冕以大學在明明德一章臣紀以尚書克明峻德一章先後進講天顏悅怡既畢悉加賞賚凡諸執事之臣皆有賜仍賜宴於左順門北廊先一日勑諭知經筵事臣光祚等五人臣冕已叨勑諭至是又首叨進講感幸不已因憶列聖嗣統皆以登極之明年二

月始御經筵惟今上臨御甫三閱月即降此勅諭以勤聖學其後每日講讀無少間斷雖雨中亦坐文華後殿召臣廷和臣冕臣紀率翰林春坊諸儒臣日侍講讀迄歲暮寒沍始暫免云

重刻蔣文定公湘臯集卷之二十二終

一園俞當藹校字

重刻蔣文定公湘臯集卷之二十三

清湘後學俞廷舉重編
闔邑紳士 同刊

考

洮水考

洮陽爲縣屬零陵郡載在前漢書地理志中後漢書所志亦同而史記本紀已有漢將破英布軍洮水南北之說實高祖之十二年則洮陽正以破布軍有聞於時而名縣水北曰陽洮陽卽洮北也前漢書王子侯表武帝元朔五年封長沙定王發之子狩燕爲洮

陽侯則元朔以前洮陽已爲縣矣註史漢諸家者皆莫能的知洮水所在蘇林則曰洮音兆徐廣則曰洮音道在江淮閒至史炤著通鑑釋文亦謂洮音兆在淮南蓋史炤字音引用蘇說而所謂在淮南者則因英布王淮南遂篡取徐廣之說以爲洮水在淮南皆以已意揣度言之非其實也惟胡三省灼知其誤且云按通鑑布軍既敗走江南高祖令別將追之別將擊布軍於洮水南北皆大破之則洮水當在江南羅含湘中記零陵有洮水水經注洮水出洮陽縣西南東流注於湘水如淳註漢志洮陽之洮音韜蓋布舊

與長沙王婚其敗也往從之而洮水又在長沙國境內英布之軍實大敗於此杜佑曰漢洮陽城在永州湘源縣西北按今全州漢洮陽縣地有洮水在清湘縣北胡氏此說考據最爲精審史記黥布傳布軍敗走渡淮數止戰不利與百餘人走江南布故與番君婚以故長沙哀王使人紿布僞與亡誘走越蓋洮陽在零陵南爲楚極南之境洮陽之南則越境也自楚入越未有不經洮陽者胡氏以洮水南北爲吾洮陽而用如淳之音一洮徐廣蘇林史炤諸說之謬今陝西有臨洮府又有洮州衛臨洮在漢屬隴西郡隴西

洮水出西羌中北至枹罕洮州衛亦以西羌洮水所經得名春秋傳僖公八年及二十五年公兩會諸侯盟於洮杜氏謂洮曹地蓋以西羌洮水經曹地因而名之皆與吾洮陽之洮全不相涉東晉時宋武帝繼母孝懿皇后父蕭卓爲洮陽令宋文帝元嘉三十年宗慤以功封洮陽侯皆吾全之洮非隴西之洮也鶴山魏文靖公亦謂清湘土谿東出於濂谿西會於洮水正指漢將破布軍處蓋洮水視湘水雖小而縣以洮名顧在湘水未名縣之先自漢至隋皆然隋平陳後始廢洮陽而以湘源名縣歷唐逮宋又改湘源爲

清湘云

胡致堂流寓全州考

致堂胡先生以紹興二年壬子歲來吾全有初至清湘聞安仁帥司爲曹成所襲五言律詩四首次年癸丑遊礲巖有五言古詩十二韻今皆載在斐然集中其集之二十卷又有悼亡別記大畧謂其妻張宜人以紹興元年辛亥四月酉入邵十二月盜曹成敗帥兵於衡又遷於全西南至灌江與昭接境僦屋三間兩廡剳茅遮圍之上下五百餘指度冬及春瘴霧昏昏大風不少休鬱薪爨寒粢食僅給壬子六月成餘衆卒入灌江宜人與二姒將子女倉惶奔避一夕忽

聞鼓聲已迤徙從閧然四逸獨餘負轎者不去遂偶
脫冬十一月先生奉其父文定命省家歲盡逢宜人
清湘山寺中癸丑文定來湘潭秋八月然後尊卑會
南嶽先生初至清湘詩中有稅鞅年華暮及歲晏風
雲慘之句與此歲盡之說當是其年歲除前數日抵
吾全至其遊礲巖詩謂我來庚伏初則先生之去其
在癸丑之初秋乎蓋遊礲巖未幾卽挈家北行是以
秋仲長幼始會於衡耳然則先生寓吾全已閱歷寒
暑非泛泛使軺經過者比稱爲寓公夫豈不宜而前
後郡志顧無一言及之何也晃備員內閣檢宋人所

修清湘縣志見先生遊龍巖詩乃據斐然集較補其訛缺者數字并錄初至清湘四詩藏於家先生諱寅字明仲建寧崇安人文定公長子五峯先生兄也父子兄弟皆名列宋史儒林傳中文公朱子嘗稱先生議論英發人物偉然可謂豪傑之士鶴山魏文靖公亦稱先生自遊庠序已深詆王氏專尚關洛諸儒之學舉進士與張忠獻公同召引誼劘上往往有敵已以下所不能堪者追廢王安石配食孔廟追謫章蔡誣謗宣仁后遠徙炎荒幾陷五十三家羅織之獄平生任重道遠之死不渝扶植三綱大有功於斯世吾

全旣辱先生流寓則當奉祀學宮以申後學景模仰範之心先生卒官徽猷閣直學士左朝請郎提舉江州太平觀晁嘗考先生流寓吾全歲月景仰不已遂形於詩集中不贅詩另載詩

鄉先輩蕭珪及竇衛翁陳孟賓科第考

吾全士入皇明來舉進士始蕭珪珪冶尚書以州學生舉洪武十七年湖廣鄉試明年第進士其會試也名在九十五其年會試錄於珪名之下書曰湖廣承州府全州學生蓋是時吾全尚隸湖廣故也予嘗見此錄抄本於先師大學士瓊臺先生家故大宗伯華容黎文僖公家亦有此錄二本所書皆同然考之州志及州學進士題名記皆無之珪官監察御史以與千戶喬用交惡被逮謫戍株連鄉人謫戍者數十人豈鄉人忿之故并其履歷不欲道而後之修州志記

題名者遂因而遺之歟抑吾全文獻不足故然也在勝國時雖科舉取士甫行輒罷前後僅十八科然吾全士之登鄉科者亦未嘗乏方延祐甲寅初科已有寶衕翁者以明易舉湖廣省試其名第於十六其所試經義有司爲刻梓以傳見於前八科三場文選中可考也其後又有陳孟賓者以善賦中湖廣省試其名次亦與衕翁同其所試荆山璞賦予在京師藏書家嘗得而錄之寶以全州路貫陳之貫以清湘縣其名姓郡邑若此焯焯而州志及鄉貢題名記皆遺而不載且二子皆以有文見錄於主司故姓名得附其

文以傳若其他名雖見錄而文不見錄者計亦未必無也志記又安得不遺之哉此誠文獻不足之歎矣暇日間與州守姑蘇顧侯華玉談及此事侯因屬予筆之以補志記之缺遂疏其略如右

附顧東橋憲使跋語

全州自秦漢以來屬零陵郡其地居九疑蒼梧之間蓋帝舜所嘗廵行漸被禮樂聲教之懿固已久矣莫可究而原也歷代爲縣爲州不一國初始自永州割隷桂林正德癸酉間璘出守於是按其山川形勝融朗清峻宜多賢人奇士生乎其間即今

觀之可知也顧前代文獻踈闕志記多所遺脫豈
非守土者之咎與觀相國敬翁所考實衞翁陳孟
賓諸賢皆表表者且復遺之斯闕略固多矣璘嘗
欲撿歷代史作清湘人物志以表見地靈値遷任
未就今固不能不望諸交承君子爾姑蘇顧璘跋

辯

蔣氏郡望辯

蔣氏郡望有三曰汝南曰樂安曰晉陵汝南郡今汝寧府之光州蔣之得姓始於此天下之氏蔣者皆當以此為望也樂安今屬山東青州府古為廣饒地漢置樂安縣屬千乘郡青州之蔣不知始於何人考後魏藝術志蔣少游樂安博昌人以高允薦補中書博士始北方不悉青州蔣族或謂少游本非人士又少游微因工藝自達是以公私人望不至相重雅高允李沖曲為體練文明太后嘗因密晏謂百官曰本謂

少游作師耳高尤老公乃言其人士蓋當是時以門地用人而蔣氏之族在青州者獨著於他方故時人謂之青州蔣族云蔣氏郡望以樂安名者殆以是爾又按歐陽公謂蔣地光州仙居縣是宋改爲樂安鄭夾祭亦謂蔣即弋陽期思縣宋改期思爲樂安是知汝南郡在宋齊間亦謂之樂安也今撫州屬縣亦有所謂樂安者蓋宋紹興中始割吉之永豐東鄙合撫之崇仁西鄙以爲縣因有樂安鄉故以爲名其名偶與此同非蔣氏郡望之地也晉陵即今之常州府其地在漢分屬吳郡晉置毗陵郡東晉初始改爲晉陵

郡晉陵之蔣唐以前無顯名者東漢雖有蔣澄封函亭鄉侯函山在今宜興縣西北屬古晉陵郡然澄之名不甚顯著又不詳其所從出人亦鮮知者至唐始有儼乂諸人或以氣節顯或以文學著故當時刊定氏族蔣氏地望晉陵焉今湘源之蔣率望晉陵或望樂安無有以汝南爲望者豈承襲之誤歟吾宗亦世以晉陵爲望今考之圖志訪之故老吾宗之先實來自零陵蓋安陽侯之裔自唐初已居湘源豈有既居湘源而又徙晉陵又自晉陵而復遷湘源者且晉陵在浙之西湘源在湖之南壤地相去奚翅四千餘里

既自西徂東復自東徂西無是理也若以爲晉陵之
蔣其先亦或出於安陽則未可知故謂晉陵之蔣其
望爲汝南樂安則可謂湘源之蔣其望爲晉陵則不
可今辯正之凡湘源蔣氏唐以後始來自他方者則
可望晉陵吾宗自安陽宜望汝南樂安二郡爲是

先世同名辯

或疑安陽四世祖秀即魏中郎蔣濟之子蓋濟子亦名秀也考史濟與安陽同時濟仕魏嘉平元年隨司馬懿誅曹爽進封都鄉侯尋卒而安陽仕漢後主朝爲大司馬已於延熙八年卒矣魏嘉平元年實漢延熙之十三年也安陽之卒先濟五年豈有濟既卒其子始來居零陵四傳而後爲安陽之理乎況郡志明謂秀東漢末來居零陵則秀當爲桓靈間人魏史稱濟甍子秀嗣則濟子實魏廢帝時人蓋秀與濟子其名偶同耳其實二人也此固無用致疑特以吾宗系

出安陽而秀實安陽之所自出恐後之人因或者之疑而不加察也故不得不辯

陶澈齋臺稱呼辨

鄉先賢宋寶謨閣學士陶公崇方理宗寶慶初元以著作佐郎上保業愼獨謹微持久四事帝嘉納之且曰卿所陳四事切於朕躬朕當行之其略見於宋史全文元人修宋史採入理宗本紀而不爲公立傳其履歷沿行皆莫能詳惟郡志謂公字宗山少聰敏十歲賦筆山詩有驚人句登嘉泰二年進士第歷仕兩廣召試館職慕柳子厚爲文嘗譔宋鐃歌鼓吹曲及楚詞七叙以進於朝理宗在潛邸時公爲講讀官龍飛被召首陳保業等四事及因輪對又陳郡縣武備

厚民生厲士氣之論與時宰忤黜知信州終於任贈特進謚文肅有潄齋文集行於世子夢訓典春陵瑞陽兩郡緫監丞郡志又云公歴官行事見國史而竟莫詳公之所歴何官今惟郡北洮村坊有覺苑寺寶慶以後題額書公職銜甚備曰中大夫右文殿修譔崇政殿說書兼侍講寶謨閣學士正奉大夫知信州軍州事兼管內勸農營田使清湘縣開國子食邑五百戶賜紫金魚袋陶崇寺雖重建於元至大三年而寺額猶是宋人書其書公職銜可信無疑公墓在昇鄉安道市北路傍石翁仲石獸尚存蓋當時賜葬鄉

人稱爲陶學士墓或稱陶大監墓二說皆是而成化中修州志者乃云陶大監墓俗呼爲陶學士墓則不考之過也公嘗爲秘書省著作佐郎省有監有少監爲長貳公由著作佐郎歷貳而長故當時有大監之稱後又進寶謨閣學士詩知信州故當時又稱公爲學士則公之墓稱學士或稱大監無不可者自唐宋至元凡官秘書崇文諸監者類有大監少監之稱或止以姓加於官名之上曰某監如知章稱賀監誠齋稱楊監故周文忠公必大詩有楊監全勝賀監家之句虞文靖公集有送宋誠甫大監祀天妃又有爲歐

陽原功少監題宋好古竹二詩此其尤著者至我朝專以太監少監名內臣長貳今內府二十四監皆然外臣雖有國子欽天上林苑諸監而其長貳則不復以太監少監稱之矣蓋前代所稱大監之大讀爲如字而今代所稱大讀爲泰州志豈習聞今代所稱遂誤以前代所稱者混而爲一不復分別邪鄉人閱州志槩以爲疑因漫筆爲疏其畧如右抑公官至侍從方以舊學爲時君所寵任乃以忠言讜議見忤時宰出補外郡齋志以殁則其平生持守之正亦可槩見不獨文藻之逸發而已惜其言行無所於考不能得

其詳也宋人清湘志謂公歿在理宗朝所忤時宰豈
史彌遠邪抑韓侂胄邪

說

居室說

古人五十不置屋予今年四十有七矣頃自擔憂以來衰病侵尋日甚一日悠悠人世不知能復爲幾日客耳顧經度營搆以求鷦鷯一枝之安旣以客待吾身寧能不以主待吾屋宋人之詩不云乎園是主人身是客問君還有幾年身未可以其言之出於激而少之也因摘其語揭於屋之楣間朝夕覽觀以自警其左云幾年能有其右云一日必葺云正德已巳歲秋九月漫書

錄

錄宏治間宮僚

今上在春宮翰林春坊諸臣更番入侍講讀於文華殿之東廡而宮端則日隨内閣元臣入侍自宏治戊午至乙丑首尾八年講讀之臣凡三十有一人冕亦濫竽其列初選詹事府少詹事兼翰林院侍講學士南城張公栢崖而下十人及戊午出閣益以太常寺少卿兼翰林院侍讀學士常熟李公石城而下六人後又益以翰林院學士南昌張公東白而下九人時宏治庚申九月冕之濫竽實其時也最後又益以右

春坊右諭德兼翰林院侍講太倉毛公三江一人蓋未幾先皇宮車晏駕矣今上嗣登寶位諸臣多以從龍恩進秩迄今又八年惟閣老新都楊公石齋南海梁公厚齋鉛山費公鵞湖禮書翰學京口靳公戒軒禮書清苑傅公北潭吏侍重慶劉公東川禮侍東萊毛公礪菴學士三江毛公暨冕九人在京吏書清濤張公涇川兵書廣陽劉公樂志禮侍宜興吳公甯菴太常卿河東張公文卿四人在南京閣老泌陽焦公守靜震澤王公守溪陳留劉公野亭禮書石城李公栢崖張公南京吏書泗州楊公碧川餘姚王公實菴

七人謝政家居而吏侍東白張公禮書新喻傅文穆公體齋禮侍新安程公篁墩禮書翰學長洲吳文定公匏菴南京禮書仁和江公東川洗馬平定楊公廷儀少卿講學闕中楊公知休學士沂水武公廷修左庶子清平張公雲坪南京吏侍錢塘李公東厓禮書翰學南宮白文裕公恰靜十一人則已先後物故矣一轉盼間而升沉存沒乃爾其異覽之其能無慨於其申也邪正德七年壬申歲六月乙卯冕在吏部之右廂書旁註皆以號舉不知其號者始以字書之

銘

居庸關銘有序 初入翰林內閣月試所作

易不云乎王公設險以守其國自古人君之立國未有不恃險以爲固者都長安者恃秦關之險都洛陽者恃殽函之險雖皆能因險守之以維持運祚於數百年然皆未有亘億萬載足長久恃之以爲固如我皇都居庸之險者蓋天造地設以待我皇明者也迺關之始設蓋秦人嘗居庸徒於此故因以名焉若燕若遼金亦嘗立國於燕率恃此關以爲固然召公本諸侯耳完顏女眞皆夷狄其曷足以當此帝王之形

勝也邪關爲皇都北門其在天譬則北極也其在人身譬則背也藩屏王國控制北虜實於此焉恃所當務者在守之得其道焉爾聖祖神宗以仁義得之聖子神孫以仁義守之我國家之運祚豈特億萬載而已哉蓋將愈久而愈無終窮矣序而銘之不亦宜乎

銘曰

有崇其關爲國北門崔嵬嵲嶫綿亘厚坤鳳翥龍蟠猊蹲虎踞凌摩日星出沒烟霧天造地設界限華夷外控北虜內藩京師萬里朔方茲焉阸塞匹夫當關萬人莫敵秦役庸徒曾此焉居關由以名歷代因之

燕暨遼金亦嘗都此諸侯夷狄曷足當是於赫文皇
建藩於燕入正大統遂徙都焉聖聖相傳歷百廿禩
以守以捍背此爲恃譬彼北極爲天之樞樞紐萬邦
孰敢覬覦其在人身如腹之背胏腸肝膽畢於此會
洸洸武夫矯矯虎臣如蟻斯聚如雲斯屯得之以仁
守之以義億萬斯年綿延不替

常山硯銘

其質青蒼雖麄匪頑匠石斵削出鬻市闤家僮貿易銅不一鐶以其發墨置几案間與楮穎伍旬浹以還携歸湘浦尚識常山

重刻蔣文定公湘皋集卷之二十三終

一園俞當藹校字

重刻蔣文定公湘皋集卷之二十四

清湘後學俞廷舉重編
闔邑紳士　同刊

題跋

恭題停止南京郊祀天地批答後

正德十四年十二月先帝駐蹕揚州其月初四日司禮監管文書官齋欽天監所奏明年郊祀日期本至行在司禮監官以聞其所擇日期在正月初八日聖意謂祭期既迫暫欲於南京舊壇行禮蓋以左右先入之言爲之主也命司禮監官持欽天監本來與厚

齋梁公議司禮監又遣制勑房中書岳梁請予再議
予方卧病舟中乃力疾草草開具數欵託厚齋改訂
進呈司禮傳觀歎息謂必有以回聖心者旣而御覽
未及終篇仍命司禮來議冕乃專以祖宗配位南北
不同者爲說厚齋深以爲然委主事屠俓寫揭帖三
日進呈聖心欣然嘉納遂有大祀日期另擇二月上
旬來看之旨付管文書官星馳還京蓋聖心素畏天
地畏祖宗故一聞配位不可擅易之言遂爾感悟由
是幸蘇杭幸武當之說雖紛然雜出於左右之人而
聖明終以郊禮未舉欿然於心迴鑾之期自不容不

在明年一年之中矣次日厚齋亦用區區前說別作一揭帖進呈司禮以爲聖斷既定卻之甁繼然厚齋終不之察蓋誤聽群小虛誑之言遂以爲實然也此事曲折甚多岳中書㞕主事及誥敕房寺丞胡頤序班孫繩知之最詳蓋此四人皆隨厚齋及冕扈從寓南京揭帖進呈皆經此四人之手故也後二年都御史吳廷舉有言及冕今皇既因冕冕累疏求退連降溫旨勉留及冕入朝管文書官數人偕來內閣傳宣聖意再三慰諭且謂楊毛二公曰當先帝南巡時若內閣惟他學士扈從而蔣師父不在列則先帝賓天今

日安得在豹房中 廷舉當時在何處不來言而今日乃以爲言不亦晚乎其云他學士蓋有所指也吾三人感泣不已楊毛二公因答數人者曰吾同官蔣學士扈從南行隨路憂勞致疾止謂吾輩知之不意諸君知之尤悉且上 徹宸聽洞燭始末有吾輩不及盡知者吾輩果將何以爲報冕亦云郊祀不移於南者此宗社有靈佑啟 聖心偶因論祖宗配位不同而遂悟爾冕何能爲力 哉荷今 皇慰諭至此冕雖以死自誓亦安能上報 聖恩之萬一也冕於是愧汗不遑安者久之

跋議大禮始末後

大禮之議晃幸隨諸老後與聞始末正德十六年十一月六日以前則少師石齋楊公少保礪菴毛公後則少保湖東費公凡封還御批者四具疏執奏者餘二十諸司禮自蕭張而下傳諭聖意至閣中相與講論託之轉以上聞者其數與執奏略相等至與管文書官辯析則又不可以數計執奏之疏多因傳諭撰擬進呈凡來將命者必有以藉手乃肯歸而復焉其文往往成於倉卒間多不存稿又留中者十常八九凡傳諭來閣中講論之際楊公所言獨多次則毛公

費公晃亦從旁贊一二語今纔一二年已多不能記憶留中之奏當時不暇錄稿歷旬日後稿或散逸不存其存者又或月日舛誤近隨楊公趨召至平臺親承面諭退而追憶一二年來諸老所嘗獻納者因取制勑房稿閱焉見十六年七月間封還御批一奏稿以為十月間事讀而疑之既乃參互考訂始正其誤因竊自念稿之存者其月日尚爾舛誤至此況散逸不存無所於考者乎又況論辯之語出於一時尋即遺忘而不可復記者乎間嘗以是請於楊公公曰子盍筆其槩謹應曰諾用是不自揣量輒錄所嘗記憶

者以求是正且以求正於毛費二公焉獨念茲事關
繫一代典章百世倫紀今乃筆以蕪陋之詞庸謬無
文掛一漏萬祗以自愧云爾

題項氏紹先詩冊後

太學生項君德懋既作茅山書屋與風承閣於其所居之後臣山之下一時縉紳士形諸筆舌以贊詠之詩若文亡慮百數十篇德懋裒爲二帙而以呈於閣老瓊臺先生干序焉先生合而名之曰紹先蓋德懋之先高大父養默翁嘗作是屋與是閣於其居之南小茅山而讀書其間當時得詩甚富今百有餘年屋與閣既廢詩亦隨之而亡德懋以其寤寐不忘之心而能紹述之一旦屋與閣也既廢而復興詩也既亡而復續雖臣山與茅山異地今之詩與昔之詩異辭

然祖也既有以肇於先孫也因有以紹於後寤寐於百十載之上而紹述於百十載之下其一心之流通固有出於江山風景言語文字之外者矣夫所謂紹先者非直一室廬之興復與夫詩若文贊詠之間而已一出言制行惴惴焉不敢後古人以辱先世則雖蓬門甕牖不庇風雨片言單辭亦無所紀述何害其爲紹先也不然美哉輪焉美哉奐焉翬斯飛而鳥斯革雖絺章繪句長篇短詠藻飾而鋪張之秪以貽譏識者而已惡在其能紹先也德懋老咸詳雅其來京師多與四方賢豪交切切以亢宗光世爲務斯舉也

不謂之能紹乎其先不可而事之尚有大於此焉者
其志則固有在也德懋與予同出瓊臺先生門下往
還最稔茲將南歸出示先生之序敬書諸末簡庶德
懋之志可覽而知云

跋揭文安公全州學記後

右記出揭文安公文粹公諱傒斯字曼碩豫章之豐城人仕元終翰林侍講學士文安其謚也其爲此記在泰定帝紀元之四年丁卯蓋公以翰林國史院編修官丁艱家居之筆記爲吾州學作而學無石刻州志亦不登載晁嘗錄之以託藩憲二三君子及州之守貳皆不果刻提學僉憲慈谿姚公鏌以授州守龍溪陳侯璜刻之而顧不書作者姓名晁因考元史及黄文獻公集得其歷官之槩書之以屬陳侯併刻於石俾誦其文者知其人焉昔揭公作記在泰定丁卯

之歲今姚公刻記於石亦以正德丁卯丁於五行爲火文明之象也吾州文運其將自此而興乎文運之興非以督學得人而鼓舞振作之有其道邪初姚公拜督學之命吾廣西士大夫皆以文翁常袞之化閩蜀者望之公在任未數年文風士習翕然丕變夐異於昔非公身任教化之責專心一力孜孜不倦何以能然也公先是行部各郡縣歸擇士之質美而可教者聚於宣成書院中嚴立規條因材而篤教有次第不亟不徐務令學者涵養本原辨析義理講求制度以成明體適用之學而於時文之險怪者則痛抑之

一切詭經畔道之言雖工弗取且聘江浙閩楚閒儒者及各郡邑學官之明經術者分經教授一時人材多所造就其有功於吾藩甚大雖文翁之於蜀常袞之於閩亦不是過至於惓惓先正之遺文而表章之以作士氣以興文化先一州以爲諸郡邑之倡特公篤學校中之一事耳未足以盡公也記刻既成附書其後以致感仰之意云

跋遯菴楊公所藏朱子與包祥道手帖

右紫陽朱夫子與包祥道手帖二紙其後有祥道族曾孫鑄及雩樓程文憲公二跋鑄謂祥道兄弟三人祥道其長次顯道敏道並遊朱子象山之門考宋史包恢傳亦謂自其父揚世父約叔父遜皆從朱陸學蓋約則祥道揚則顯道遜則敏道而恢則顯道之子即文憲跋所云宏齋公者其言皆合二帖今皆不見於大全集中乃別有答祥道兄弟八帖文憲跋所云古人爲學漸次解到人欲自去天理自明等語猶八帖中之一獨所云陸刪定已歸否一帖則集中今亦

不復存矣包氏自祥道至鑄皆居盱江而文憲亦盱江人又與鑄同時故爲之跋今曰豈惟朱子此帖未易得雖文憲此跋亦固未易得也此卷今藏太宰遂菴先生家冕間獲拜觀無任欣幸遂不揣庸陋輒敬疏所聞者以求教惟包氏兄弟雖往來朱陸之門而其學實主於陸觀朱子所答諸帖載集中及附見文憲跋中者猶可槩見其曰大率來喻依舊有忽略細微徑趨高妙之意又曰覩所講論恐却與末相見時所見一般蓋熟處難忘耳又曰如某所見愈退而愈平賢者所見愈遠而愈險彼此不同終未易合又曰

曾子功夫只是戰兢臨履中間一唯蓋不期而會又曰聖門之教豈是塊然都不講學今却謂讀書窮理便爲障蔽東坡銘蓮華漏譏衞朴以己之無目而欲廢天下之視來喻無乃類此甚至有道既不同不相爲謀不必更紛紛之語使非象山平日此心自靈此理自明亦何事乎讀書窮理之說有以膠於其心則朱子之告諭必不諄諄懇切至於如此鑄顧謂朱陸之學未宜以同異論而文憲亦拈出朱子玩索持守語以爲正無害其爲同其言蓋與近世道一編所論實相表裏後生小子終有未能釋然於心者遂菴先

生深於理學爲世儒宗平時與及門群弟子講授於此必有確然一定之論其幸以語冕而勿悋哉正德壬申夏五月望日後學湘源蔣冕拜手謹識

跋王文晁長史所藏魏文靖公手帖

宏治乙卯秋予過武昌長史山陰王君文晁出其所藏鄉先正魏文靖公書三通見示蓋文晁爲諸生時所得於公者卷有故方伯翠渠周公今司寇見素林公題識其卷久藏於家今年予得謝南歸偶於敝簏中得之茲由浙河歸訪於士夫則文晁已下世久矣慨歲月之流邁念故交之零落而不可復作也乃題卷末以歸於其家爲之慨然者久之

題唐曹祠部詩集後

桂林在唐有二曹詩人皆負重名於時其一諱鄴字鄴之陽朔縣人嘗作四怨三愁五情詩爲中書舍人韋慤所知力薦於主司大中間登進士第由天平節度掌書記遷太常博士晉祠部郎中仕終洋州刺史其一諱唐字堯賓桂林附郭人嘗爲道士太和中舉進士中第累爲諸府從事以暴疾卒於家二公詩歐陽文忠公撰唐藝文志謂其集各三卷近年浙中刻唐四十家詩有鄴之詩止二卷而堯賓詩集則無傳焉惟文苑英華選其大小遊仙及病馬等作唐詩鼓

吹選其買劍雙松等作唐音選其小遊仙等作唐詩品彙選其武陵詞等作皆七言律及七言絕句凡古體五七言者皆無之郝天挺註鼓吹謂堯賓有集二卷今無傳則其集在金元之間已無傳於世矣鼓吹顧以堯賓大遊仙詩十一首爲宋邕所作則遺山之誤也堯賓詩見於諸家所選者皆傑出一時可歌可誦鄴之視堯賓差後出而其詩格調高古意深語健諸體略備其集雖止二卷纔百餘篇而爲諸家所選殆三之一尤世之不可少者其爲太常博士在懿宗朝有詔召劍南東川節度使高璩拜中書侍郎同中

書門下平章事閱月卒贈司空鄭之建言璩學柳交游醜雜進取多蹊逕謚法不思妄愛曰刺請謚曰刺從之事載新唐書璩父元裕列傳中其爲簡士持正守職斷斷乎不苟若此蓋非獨能詩也覺自髫齔時見鄭之公讀李斯傳詩於書坊所刻古文眞寶中難將一入手掩得天下目之句喜而誦之甚習而不知爲誰所作及遊京師讀唐文粹始知爲公詩今考之集中其詩全篇十二句姚鉉節其首尾八句而以此四句載於文粹中古文眞寶因而取之文粹又載公杏園卽席上同年一詩覺嘗次韻以寓景慕之意蓋

冕於公詩寤寐不忘者五十餘年嘉靖甲申秋得謝過浙中始獲覩其全集其冬瓊山唐君平侯以按察僉事督學來廣西見公浙本詩於武選主事鄭德甫處讀而喜之取以刻置宣成書院中且以堯賓詩附於其後刻成德甫首以一册見遺闔之欣然者累日因敬題其卷末使讀者知二公之詩皆爲世所重而公則公忠剛直能言人之所不敢言衷然爲時之正人君子尤足以楷範後學詩蓋其餘事云

再題曹祠部詩後

詩之顯晦繫乎時尤繫乎人有其時矣而表章之無其人焉欲望其顯而不晦蓋亦難矣鄴之蕘賓二曹公詩在唐宋時嘗顯矣至元有國垂百年乃皆湮沒無聞皇明混一區宇以來至我皇上紀元嘉靖歷百五六十年蓋稽古右文極盛之時也於是前代遺文古書往往出於江南好事之家而鄴之詩集始獲與中唐晚唐諸集號四十家者偕顯於世浙中既有刻本桂林蔣亦刻焉刻本在桂林序於提學僉事唐君者未七八年其板已日漸朽蠹廣西按察使甌寧范

君邦秀得之於塵埃蒙翳中命工浣滌修補而取予所書詩跋刻附集末置之憲司公署中令掌故典守惟謹桂林本字多魯魚亥豕之訛予因取浙本正之且據浙本增其脫落者三首又檢諸家所選堯賓詩凡唐君舊所未附者三十五首悉附於其後范君亦一一刻之予故不揆鄙陋再爲之書海内之士自是而知桂林有二曹詩人者實范唐二君先後表章之功也

跋衛靈公觀馬圖

衛靈公觀馬圖一幅上有子昻二字又有趙氏子昻印識鑒別者謂爲魏公眞蹟其一人烏巾素服蔭於長楊之下者爲靈公五美姬從一未笄一士人巾服疑卽後世女侍中之類二圉人控轡繮馬首而立身皆佩劍又一人持馬尻而踈其尾馬色黃銜勒皆金飾模寫工緻天機流動信非魏公不能獨其事不經見予於古傳記未遑深攷不敢臆決其有無然竊意玆事在靈公或者其有之昭公二十年靈公値齊豹之變越在草莽適齊公孫青來聘以其良馬見公受

之以爲乘越九年爲昭公廿有九年昭公在乾侯季
平子不歸馬靈公獻其所乘馬曰啟服靈公以昭公
七年入春秋至哀公二年始有于戚之變首尾四十
三年同時爲諸侯者非不多其以馬見於左氏傳者
或有或無獨靈公之馬二見焉其畜馬以爲玩具者
當不少史逸而不書者尙多也此所圖馬吾不知其
主名顧其事足爲世鑒有不可不知者前此百年爲
靈公七世祖曰文公嘗留意於馬矣鄘風詩人詠之
曰秉心塞淵騋牝三千文公非以馬爲玩具也以誠
心而行善政故其效至於國家殷富而致馬之蕃息

如此靈公不能仰繩祖武其治國也曾不知禀乎如朽索之馭六馬顧乃般樂怠敖唯馬是觀不於蒐狩之時而於遊豫之日不從以賢人君子而從以左右嬖暱觀於此圖尚可想見其禽荒態度無乃與乃祖懿公之好鶴同歟然則魏公圖此未爲無意也其勿例以畫家繪事觀之此圖今爲某人所藏間出示予用識此於圖之上方

跋吳興墨竹

文洋州不能以畫法作書黃山谷所以致歎趙吳興能以書法寫竹虞道園安得不美之哉西涯李文正公謂道園之說發前人所未發信乎其然矣偶觀吳興墨竹輒掇拾前語敬書其後

跋先母虛墓碑後

先母郭夫人虛墓在河內邑之父老封而崇之有年矣正德中臨安知府朱君琉嘗以參政朱君應登之文樹碑墓道碑誤謂先考嘗爲邑教官參政尋覺其誤手筆正之且以賤兄弟後所歷職銜綴於篇末碑未及刊而已去任今鎮守總戎黔國沐公聞之乃索參政改正本命工重刻因謹識之以無忘諸君子之德云

恭題貤贈先妻陳氏誥勑石刻後

臣冕叨官於朝歷事四聖官自七品至從一品恭承誥勑襃賜上至曾闈下逮妻室累世存沒皆拜殊寵先妻陳氏五荷貤贈之恩由孺人至一品夫人其書命與累世所得五色雲錦卷軸天葩睿藻爛然於其上或玉或犀或金或角飾於軸之兩端者已以金龍絭匣什襲珍藏庋之重屋之上謹謄副墨刻石墓上以侈聖恩先曾祖父母先祖父母先父母所受誥勑冕在京時已命長兒履坦市燕山青花石逸內閣兩房鄉曹等官謄而刻之舟載以歸翔恩綸堂尊閣惟

謹繼妻陳氏殁葬七里橋北其所受封誥亦已刻石
樹其墓前此則先配陳氏葬雙井山者所受誥勑凡
五通云

重刻蔣文定公湘臯集卷之二十四終

一園俞嵩藹校字